心靈勵志 45

品味人生

——品出人生趣味 提升生活品味

翁樂天 著

博客思出版社

序

想起父親退休時，陪他老人家去鶯歌陶藝店，尋找裝飾屋頂花園用的寶塔、小橋等飾物，彷彿還只是昨天的事，轉眼間，自己也到了退休的年齡。感嘆時光之易逝，展望未來，如何才能活出一個沒有遺憾的晚年呢？

首先，想到的是——這一生的價值。往者已矣，來者可追；且不論過去，就談現在。我有一位同學，退休後勤練毛筆，如今在高雄義務教導小學生寫書法。一位學弟，退休後遠赴泰北當志工教師。一位同事，退休後學習電腦，而今在網站上分享自製的影音，點閱數已達到近百萬人次。作義工、寫書、行善事……似乎都可以發揮生命的價值；總之，就是希望這輩子不要白活，多少能夠利益眾生，為國家、社會帶來一些福祉。

其次，要思考的問題是——該不該對自己好一點？如果答案是肯定的，那麼就想在經濟條件許可之下，吃得高級一點，穿得好一點，找些朋友聚一聚，看看畫展，輕輕鬆鬆出外旅遊，多做一些讓自己開心的事。

英國現代散文作家羅根・史密斯（Logan P. Smith）說：「人生中著眼於兩件事：首先，是得到你想要的；而後，是享有它。只有最聰明的人，才能做到第二件事。」（There are two things to aim at in life: first, to get what you want; after that, to enjoy it. Only the wisest of mankind achieve the second.）談到享有，讓我想到——未來的生活，是否應該過得更有品味？然而，什麼是生活品味？如何才能讓生活過得更有品味？這些，就是本書接下來想要探討的問題。

感謝書法班殷菲菲師姐為本書進行文字校對，謹在此特申謝忱！

翁樂天　寫於桃園

二〇一六年　仲夏

目錄

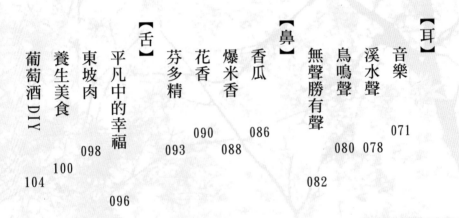

第一章 論「生活品味」

喜慶宴會上，有時我們會聽到一種讚美，說：「那位女士的穿著很有品味！」然而，這句話是什麼意涵？是說那人很講究，全身穿戴都是價格昂貴的名牌服飾嗎？

平心而論，高檔名牌服飾在質料、色彩及樣式上經過專家設計，非但外形美觀，做工更講求精細，確實讓人喜愛，無怪乎有較高的價位。但是，我也見識過一些暴發戶的穿著，他們的財力確實不容小覷；身穿名牌衣，手提名牌包，腳踩名牌鞋，手指上的鑽戒、頸項上的翡翠大得令人眩目；可惜的是，與其身形、氣質並不搭配，給人的感覺是珠光寶氣有餘，而美觀優雅不足。反觀有些年輕人，穿著簡單的T恤，搭配一條修長的牛仔褲，感覺就很有型。所以我認為，價格昂貴的名牌服飾，未必就是穿著品味的保證。懂得選擇適合自己的衣物，加上巧妙地搭配，更能顯示出優雅的風格。

據說，法國巴黎的女人最懂得穿著。通常，她們身上的衣物不會超過三種顏色，譬如：用黑、白或灰作為底色，搭配一些豔紅，看起來優雅又搶眼。她們不迷信衣物的價格，但是講求剪裁合身，顏色、式樣更必須適合自己。她們懂得搭配一些精美的配件，譬如：寶石別針、珍珠項鍊或輕柔飄逸的絲巾。一般來說，她們的指甲不會太長，修剪得整齊、清潔，塗上紅色或肉色的指甲油，很少看到亞克力指甲貼，或誇張的美甲。漂亮的高跟鞋是基本配備，頭髮則講求自然捲燙。除了外在的打扮，她們也注重飲食、儀態、談吐及藝術氣息的培養。因此我們可以發現，有品味的穿著，除了衣物的搭配外，還需要注意髮型及臉、手、足的清潔，以及身材的保持，氣質的培養等。

在穿著上即使打扮得漂漂亮亮，但是，在休閒的場合穿得太正式，在正式的場合穿得太休閒，或者在喜慶的場合穿得過於樸素，在喪葬的場合穿得太過花俏，這些都會讓人感覺到突兀，反而覺得不美，如此穿衣能稱得上有品味嗎？所以，穿著不能只看衣物，還要看時間、場合是否恰當，唯有如此，才能給人留下美好的印象。

接下來談談飲食。市面上有許多「吃到飽」的餐廳，以無限量的方式供應各式各樣的餐飲。由於食物的多元化，使消費者能根據自己的喜好來作選擇，這原本是件美事；但是，如果因為食材品類眾多，在清洗上稍微馬虎，或參雜一些次級品來充數，那就反而不美了。又或者因為貪多、撈本的心理，拼命地吃，而無暇品嚐食物的美味，那就談不上吃的品味了。在日本料理中，除了特別講求食物的新鮮及清潔、衛生外，所使用的食器，造形多半很優美。小小的擺盤，裏面食材不多，但是很精緻，不論是蒸的蛋、煮的菜、烤的魚、炸的豆腐，或者撒上黑芝麻的白飯，放在小小的陶、磁容器裏，給人感覺就是色彩、造形、氣味、口感都很優質。由於每種食物量少，所以更能專注於品嚐。這些就表現出一種吃的品味，也代表有很好的飲食文化。

其次，我們來看看居住環境與交通。都市給人的第一印象就是市容。整潔？或是髒亂？空氣污染嚴不嚴重？交通是否混亂、壅塞？市民是不是普遍守法？這些都可以反映出政府及人民的整體素質。在德國、瑞士等歐洲國家，許多鄉下地方的環境及建築都相當優美。其實這是一種自然的呈現，當國民的美學素養達到一定水準時，自然而然地，在居住環境上就會表現出一種居住的品味。在這種優雅的環境中，無怪乎能孕育出許多偉大的詩人、文學家、音樂家及畫家。

最後，我們來談談娛樂。每個人的興趣不同，有人喜歡看電影，有人喜歡運動，有人喜歡參加熱鬧的聚會，有人喜歡靜靜地欣賞音樂，也有人喜歡旅遊或者逛街。以觀賞活動為例：如果是拘謹地坐在豪華的劇院中，聆聽那似懂非懂的歌劇，而與漫步在山野林蔭中，悠閒地傾聽蟲鳴聲、鳥叫聲、潺潺流水聲，此二者，哪一種境界更美？哪一種更有品味呢？相信讀者，自有評斷。

從以上的探討中，我們不難發現，吃的品味、穿的品味、住的品味等，有一項共通點，就是都牽涉到美感。它們或許要求品質，講求精緻，但不一定是奢華。因此，我認為「生活品味」是一種講求美感的生活格調。

然而，美感是很主觀的，所謂「情人眼裏出西施」，自己認為美的事物，其他人卻未必認同。但是，美也有客觀的一面，譬如：達文西所繪《蒙娜麗莎的微笑》，全世界不分種族、不分世代，大多數人都認為這是一幅美的畫作。美既然可以是主觀的，也可以是客觀的，那麼「美」究竟是什麼？

第二章　何謂「美」？

「美」的定義

「美」是一種抽象的概念，我們應該如何來描述它呢？十三世紀歐洲著名的哲學及神學家湯瑪斯・阿奎那（Thomas Aquinas）對美的定義是——中悅所視者。(id quod visum placet) 換句話說「所看見，而感覺愉悅的，就是美。」時至今日，對於「美」的定義有了更完整的說法。根據一九九六年美國出版的《韋伯斯特美語字典》(Webster's Dictionary of American English) 中的解釋：美是一種讓精神或感官愉悅的性質。(Beauty is the quality that gives pleasure to the mind or the senses) 因此，視覺上感覺愉悅的風景，稱為美景；人，則稱為美人；玉石，則稱為美玉。值得注意的是——根據這項定義，美並不限定於視覺，舉凡聽覺的、味覺的、嗅覺的、觸覺的，以及精神意識上的，都包含在美的範疇之內；所以，我們會說：美的旋律、美聲、美味、美酒、美言、美意、美德、美夢、美的邂逅……等。

「美」是一種主觀的感覺

「美」的感覺，可以隨著個人的成長經驗及解讀而有所不同，譬如：臭豆腐是華人的一種美食，許多歐美人就無法接受；相對地，歐洲有幾種乳酪，味道有些怪異，許多華人也不喜歡。有些原始地區的民族，他們以大嘴巴、長脖子為美，而文明世界則有不同的審美標準。顯然地，生長在不同地區，審美觀也會有所不同。此外，時代的流行也會影響人們對美的感受，例如：髮型中的飛機頭、赫本頭，鞋子中的尖頭鞋、平頭鞋，在流行的當下，感覺都還不錯，退了流行後，感覺又不一樣。中國唐代以豐腴為美，因此唐代韓幹的《牧馬圖》、周昉的《揮扇仕女圖》，以及許多雕塑或畫作中都可以看見體態豐腴的人或物。之前的漢代則並非如此，最有名的例子就是漢成帝非常喜愛身輕如燕的趙飛燕。此外，宋、元、明、清各代流傳一種習俗，就是女人以纏足為美。以現代人的眼光來看，這種裹小腳的做法簡直是病態到不可思議。成長經驗中所接觸到的人、事、物，以及用情的深淺，也會影響一個人對美、醜、好、惡的判斷，譬如：從小吃慣媽媽的料理，對於某些口味會特別有好感；年輕談戀愛時，曾經聽過的歌曲，一生都可能懷念。所以，一首平凡的歌可以感覺很美；苦瓜雖苦，也可以是美味；長得有點醜的女生，在情人眼中也可以成為西施。這就說明了，「美」有時是很主觀的。

「美」也有客觀的標準

除非是感官或腦部有問題，譬如：色盲者無法辨識不同顏色之美；腦部旁海馬迴有缺陷的人，無法分辨諧和音或不諧和音——否則，正常人對於一些美的事物大多會產生共鳴。許多人都認同達文西（Leonardo Da Vinci）所繪《蒙娜麗莎的微笑》是一幅美麗的畫作，《平安夜》是一首優美的聖誕歌曲，影星李小龍的武打動作乾淨俐落，展現出一種力與速度的美。為什麼不同地區、不同世代的人們，會不約而同地有此共識呢？這說明了，對於美的認定，還是有一些客觀的因素存在。

臺北故宮博物院所珍藏的《翠玉白菜》是一件名聞中外的希世之寶。據說，它是清代一位皇妃的嫁妝，象徵著女子的清白。為什麼它總能吸引大批的觀光客前來參觀呢？除了巧妙的設計，精細的雕工外，它的色彩、造形及材質讓人看了有一種感覺——就是美。

希臘《帕德嫩神廟》是古代奉祀雅典娜女神的廟宇，也是舉世公認非常優美的建築。為什麼它能吸引人？很重要的一個原因，就是神廟外側整排的廊柱——它符合美學原理中一種「反覆」的形式，使得看見它的人為之著迷。

希臘《帕德嫩神廟》

披頭四合唱團（The Beatles）的許多歌曲曾經風靡全世界。公元一九六三年所翻唱的《Twist & Shout》還曾經在英國女王御前表演。雖然，這是一首搖滾樂，以近乎嘶吼的方式演唱；但是，我們試著分析一下這首歌曲與噪音的差別：噪音通常是雜亂無章且難以理解的，而這首曲子則具備美學上的一些客觀條件——譬如：它有「節奏」、「韻律」的形式，並且曲子進行到過門時，採用音高及音量的「漸層」表現——因此，使得歌曲能在許多人心中產生美的共鳴。

《米洛的維納斯》（Aphrodite of Melos）又稱《斷臂的維納斯》。這座發現於米洛斯島的古希臘雕像，以及安格爾（Ingres Jean Auguste Dominique）的畫作《泉》（The Source），此兩項作品有一個共同特點，就是女子的身形都極為優美。經過丈量計算，如果將身高標準化為1，則兩位女子頭頂至肚臍的長度都很接近0.382，肚臍到腳底的長度都很接近0.618；而這正符合所謂的「黃金比例」，也就是0.382：0.618，也可以寫成0.618：1.000或1.000：1.618。「黃金比例」是美學理論中「比例」形式的一種特例，通常這種比例的身材或建築物造形會比較好看。

《亞嘉杜巡禮》（View of Argenteuil）是法國印象派畫家莫內（Monet Claude）的作品，描繪的是塞納河邊一個小村莊的風景。畫作中，高明度、低彩度的顏色，明亮卻不刺眼，使得鄉野景觀在陽光下看起來非常舒服；圖面近端的大樹與遠端的小樹，在空間及造形上形成遠近、大小之對比；藍綠調和的主色調中，紅色的花以微小的比例與之形成顏色上之對比；左側的雲朵對應右側的樹，使構圖呈現平衡、穩定。這幅畫之所以被許多人喜歡，其實與它符合美學上「調和」、「對比」、「比例」、「均衡」等形式及傑出之色彩表現，應該有很大的關係。

臺灣電視劇《包青天》是一部描寫北宋名臣包拯任職開封府尹期間，審理法案公正嚴明，為冤屈者伸張正義的故事。為什麼這部戲能夠紅遍台、港等地？原因固然很多，除了滿足人們伸張正義的心理之外，就戲劇內容而言，安排「好人與壞人」、「好事與壞事」交替出現，使劇情產生矛盾、對立、懸疑、張力等變化，巧妙運用美學理論中的「對比」形式，確實能引起廣大觀眾的興趣。換言之，當我們覺得這是一部美好的作品時，其中多半含有一些客觀的道理存在。因此，「美」不全然是主觀的，通常也有它客觀的條件。

最後，讓我們試著從邏輯的角度，來解析「美」的客觀性。「美」既然是一種讓感官或心靈愉悅的性質，而在日常生活中，當我們的需要被滿足時，尤其是極度的需要獲得滿足時，會感覺到愉悅；換言之，需要被滿足時，也常會產生美的感覺。所以，乾渴的人喝上一口清水，多半會感覺清水是何等甜美；饑餓的人咀嚼一塊麵包，多半會感覺麵包是何其美味；而「久旱逢甘雨、他鄉遇故知、洞房花燭夜、金榜題名時」也是需求獲得滿足，能令人感覺歡喜的人間美事。

「美」有雅俗之分

孔子曾經讚揚周之雅樂，而批評鄭國的靡靡之音，可見音樂有高雅、低俗之分。一幅畫可能是畫家的作品，也可能是畫匠的作品，所以畫作也有高雅、庸俗之分。一幅字可能出自書法家的手筆，也可能出自寫字匠的手筆，所以書法作品也有高、低之分。通常，藝術創作來自於作者內心一種美的衝動，卻由於內在的涵養及表現能力的差異，展現出美的層次也有所不同。所以，就客觀的角度而言，「美」有高雅與庸俗之分。

何謂高雅？何謂庸俗？通常，美的成分較多的、傑出的、精緻的、較有深度、有內涵、能耐久的，大多歸屬於高雅。相對地，美的成分較少的、平庸的、粗劣的、較膚淺、缺乏內涵、不耐久的、過於招搖的、做作的，大多歸屬於庸俗。雅與俗是一種相對的概念，通常是由比較而來；所謂「黃山歸來不看嶽」、「曾經滄海難為水」，這些都是因為有比較，而產生層次上的差異。

客觀而言，「美」既然有高雅與庸俗之分，而「生活品味」

又是講求美感的一種生活格調，因此，「生活品味」自然也就有高雅與庸俗之分了。

第三章　如何提升生活品味？

我相信，許多人都希望自己是一位有品味的人。我們該如何來培養，甚至提升「生活品味」呢？以下有四個方法，提供大家參考。

一、化無感為有感

生活品味既然講求美感，那麼對於周遭的事物，首先必須要有感覺。在實際生活中，我們的感官並沒有想像那麼敏銳，有時候甚至是無感的。舉例來說：一些男士在結婚多年後，對於妻子的打扮，經常會視而不見；對於妻子的嘮叨，經常會充耳未聞；許多朝九晚五的人們為了趕著上班，早餐經常是食而不知其味。

曾經聽過一場演講，其中提到，一名高中女生因為房間髒亂，跟母親起了爭執，最後甩了門離家出走。經過一整天在外遊蕩，傍晚時，來到一家麵攤前，她感覺飢餓難耐。麵攤老闆在知道原因後，請她吃了一碗麵，她感激地痛哭流涕，說：「老闆，您真是我的恩人。」她對老闆的做法有感覺，也有感動。但是，就像那位老闆對女孩說的：「妳母親生妳、養妳這麼大，付出多少心血，還不如我這碗麵嗎？」這說明了什麼？就是因為家人太熟悉了，以至於長時間的付出，對方經常都沒有感覺，更不要說感動了。

通常，我們對於熟悉，或者習慣的事物，會視其為理所當然，而不太去在意。此外，由於生活忙碌，也讓我們沒有時間去注意太多的事情，以至於對許多事物會麻木、無感。

想要化無感為有感，就必須先靜下心來，然後用我們的心及感官去感覺，而且要反覆地去感覺；就好像咀嚼食物一樣，反覆地咀嚼，如此，感受才會深刻。感受深刻了，才能生出滋味，有了滋味，就會心生歡喜，乃至於有美的感覺。有時候，在下班的路上，我會刻意地停下腳步，看一看天邊的夕陽。其實不只是看，而是試著用眼睛去「咀嚼」；咀嚼夕陽完美的造形，咀嚼西天絢爛而多變的雲彩，直到心裏有深刻的感受。

讓我們看看美國詩人惠特曼（Walter Whitman）是如何欣賞落日的？

我凝望一叢大樹圓頂上的落日，在隙縫中閃爍著火紅、淡黃、

肝褐、赤紅、千種顏色的華麗展覽，萬條燦爛的金光斜映在水面，那種透明的陰影、線條，閃爍生動的顏色，是圖畫上所從來沒有看到過的……我一生中雖然天天見到天空，但事實上，過去我並沒有真正看見過它。

總而言之，欲提升生活品味，就必須先「化無感為有感」。

二、化庸俗為優雅

黛安娜王妃(Princess Diana)及影星奧黛麗・赫本(Audrey Hepburn)在我眼中，都是很優雅的人。迷人的笑容，不俗的談吐，舉手投足間都透露出一種溫柔、自信及從容的美。她們是天生就優雅的嗎?而一般人注定就該庸俗嗎?

一九六四年，奧黛麗・赫本主演過一部電影──《窈窕淑女》。劇中就是在描述一名出身卑微、渾身髒兮兮的賣花女，經過學者不斷地調教，終於成為一位氣質出眾、儀態優雅的淑女。姑且不論劇情的真實性，至少它反映出，後天的學習是很重要的。

學習優雅，最好有明師從旁指導；否則也可以透過網路、書籍、演講或教學影片，以獲得生活禮儀及美學等相關資訊，然後經由不斷地實踐，來提升我們的鑑賞水準，改善我們的生活習慣。舉例來說：在公共場所擤鼻涕、掏耳朵、蓬頭垢面、衣衫不整、坐下時兩腿叉開、男女行為過於親密……等，這些都屬於不雅之事；而濃妝艷抹，炫耀財富，行為總是毛毛躁躁、慌慌張張，給人的感覺就是庸俗；至於言語粗魯、口出穢言、目中無人、瘋癲狂笑，則更顯得粗俗。這些都不合乎國民生活禮儀的要求，但是，如果有心，就可以透過學習，而逐漸獲得改善。

優雅的外在，可以靠言行習慣的改變來獲得；然而，優雅也是一種內在的、美的心境。同樣是淋雨，你可以覺得很驚慌，也可以覺得很寫意；換個心境，感覺就會從庸俗轉變為風雅。閒暇時，靜靜地品一杯茶、觀一幅畫、寫幾行字、聽急雨打葉聲、吟一首詩、歌一闋曲、舞一段開懷，那是生活中的情趣，也是性靈提升的方法。所以，「化庸俗為優雅」是個人內、外兼修過程中，自然的體現。故作姿態，如東施效顰，反而會顯得庸俗。此外，我們學習優雅，卻不可「自命高雅」，而造成人際間之隔閡；否則，就嚴重違背了生活品味的原意。

奧黛麗・赫本

三、化無情為有情

人有感情，動物也有感情。好萊塢影星李察・吉爾（Richard T. Gere）曾經主演過一部片子，名為《忠犬小八》（Hachiko: A Dog's Story）。其實，這是一個真實的故事。一九二四年初，日本東京帝國大學的上野教授領養了一隻秋田犬，取名為小八。每天早晨，小八在家門口目送著教授去上班，到了傍晚，牠就會到火車站去迎接牠的主人。第二年五月，上野教授因病猝死在校中，而小八依然每天去車站等候主人的歸來。但是，牠失望了，這班車沒有，那班車沒有，一直等了十年，直到牠身患重病，孤單地離開這個世界。雖然動物也有感情，但是狗看到太陽就是太陽，不會像人一樣，凝望著夕陽而深受感動。因為，人對於生命的省思，比動物要廣泛，而且深刻；更重要的是，人會將自己的感情連結到大自然及某些事物之中，進而生出感動。

以下兩種方法，可以讓我們在看待事物時，不只是有感覺，還能夠將感情移入，以產生美，甚至感動。

（一）設身處地法

就是把自己想像成對方，試著去體會對方的感覺與心境。

1.用這種方法看電影，把自己想像成劇中的人物，嘗試去揣摩他的感覺與心情，因此特別容易入戲，也容易受到感動。當電影結束時，有忽然回到現實世界的感覺。

2.用這種方法觀賞一幅畫，把自己想像成畫中的人物，在溪水旁散步，遙望遠山一片寬廣，心胸自然而然地會開朗起來。

3.用這種方法看生長在牆角的一朵野花，把它想像成自己，內心就容易興起各種感觸。

4.以下是惠特曼《草葉集》中的一段敘述，讓我們看看他對鳥類的觀察及用情。

從前，在巴門諾克，
當紫丁香的香氣飄散在空中，
五月的草正在生長著的時候，

在這海岸上，在荊棘中，
從阿拉巴馬來的兩隻小鳥雙棲著。

在牠們的小巢中，有四個淡青色的小卵，
卵上有著褐黃色的斑點，
每天，雄鳥在附近來回地飛翔，
每天，雌鳥孵著卵，
靜靜地，閃爍著明亮的小眼睛，
每天，我，一個好奇的孩子，
不敢太逼近牠們，也不敢驚動牠們，
只是用心地窺望、凝視，猜想牠們的心意。
後來突然之間，她大概是被殺害了，
她的伴侶也不知道，
有一天上午，雌鳥不復在巢中孵卵，
下午也沒有回來，
第二天也沒有回來，
以後也再沒有看見她的形影。

因此，一整夏，在海浪的喧鬧聲中，
在月光皎潔的靜夜裏，
在波濤洶湧的海上，
或者白天時，在荊棘叢中飛來飛去，
我時常看見剩下的這隻雄鳥，
並聽到這隻來自阿拉巴馬孤獨的鳥的歌聲。

是啊，當星星閃閃發亮的時候，
在浪濤衝激帶著苔蘚的木樁上，
停息著這使人落淚的寂寞的歌者，
整夜在那裏歌唱。
牠叫喚著牠的伴侶，
牠傾吐胸懷，人類中只有我懂得。

是啊，我的兄弟啲，我知道你，
別人也許不懂，我卻珍視你所唱的每一個音調，
因為我曾不只一次，

在朦朧的黑夜中溜到海灘上，
屏息著，避著月光，將我自己隱蔽在陰影裏，
我，一個赤腳的孩子，海風吹拂著我的頭髮，
聽了很久很久。

（二）理解認同法

這種方法有些類似男女戀愛的過程。通常是先有興趣去了解對方，然後發覺對方的優點，而後心生歡喜，最後有了感情。簡而言之，我們對於外界的事物，可以經由理解及認同，而產生美好的感覺。

1.西方的藝術作品，有許多是取材自《聖經》或希臘神話故事。如果我們東方人能夠多了解一些兩希文化，也就是希伯來文化及希臘文化，那麼對於米開朗基羅（Michelangelo di Lodovico Buonarroti Simoni）的雕刻《聖殤》、安尼巴萊・卡拉契（Annibale Carracci）的油畫《亞伯拉罕的獻祭》，以及彼得・保羅・魯本斯（Peter Paul Rubens）的畫作《被縛的普羅米修斯》、皮耶・德・柯爾敦（Pierre De Cortone）的油畫《維納斯以獵裝出現於伊內亞面前》等藝術品，必然會有更深的理解及感動。

2.前往杭州西湖遊覽，走在長柳飄搖，頗富情調的蘇堤上，如果我們對蘇東坡的一生有所了解，那麼必然會有不同於一般人的感受；也就是說，多了解一些人文歷史，在參觀名勝古蹟時，比較能撫今追昔，發思古之幽情，而增添旅遊的情趣。

3.在前一章中，我們提到印象派畫家莫內的一幅作品——《亞嘉杜巡禮》；如果我們瞭解印象派的繪畫技法，並且多充實一些美學知識，則對於畫作中美的理解會更加深入，而不是只有表淺的第一印象。更重要的是，對美學原理的理解，能提升我們鑑賞藝術的水準，同時也能提升我們欣賞周遭事物的品味。

4.在Youtube網站上有許多TED演講的影片，有一部標題為《古典音樂的魅力》，建議讀者有機會能上網去觀賞。影片中，主講人提到他的一段經歷——有一位愛爾蘭的小男孩，依照老師的指導，試著將感情投入到蕭邦的鋼琴曲中，最後竟然讓他感動到落淚——這就是「化無情為有情」的最佳寫照。

四、化執著為隨緣

寄情於山水、器物、美食、音樂……等等，雖然能為我們帶來美感與愉悅，但是，我們所仰賴的，均出自於因緣造化，隨時都可能消失，譬如：貝多芬熱愛音樂，然而在他完成《第九號交響曲》時，耳朵已接近全聾的狀態；換句話說，即使他對音樂充滿了熱愛，也無法再依靠外在的聲音來愉悅自己。又比如：一個人喜歡遊山、玩水，卻可能因為年齡或健康因素，而無法像以往一樣親臨遊賞。有人熱衷於古玩、字畫的收藏，卻可能一夕間就灰飛煙滅。當遇到這類情況，我們是否會鬱鬱寡歡，或憤憤不平呢？

品味生活需要「化無情為有情」，但是用情愈深，也愈容易陷入執著與迷戀，而這正是內心痛苦的來源。弔詭的是，這也違反了提升生活品味的原意。生活品味，不就是要追求生活中的美，使感官及心靈愉悅嗎？！所以，品味生活需要節制，也需要知足、隨緣。當因緣俱足時，懂得去珍惜，去享有；當緣盡、緣滅時，能不依戀外物，仍舊保持一顆怡然自得的心。這種「化執著為隨緣」的生活態度，我認為才是生活品味的最高境界。

田園派詩人陶淵明或許稱得上是代表性人物。陶淵明又名陶潛，自號五柳先生，世諡靖節先生，東晉潯陽柴桑人（今江西省九江地區）。曾祖陶侃官至太尉，祖父陶茂、父親陶逸均為太守。雖然出身官宦之家，然而父親早逝，家道中落，因此自幼生活貧困。個性廉潔、率直的他，先後曾擔任過江州祭酒、參軍及彭澤縣令，卻因為身居亂世，既不願為亂臣之爪牙，又不願為五斗米而折腰，故而辭去官職，歸隱田園。育有五子及數女，多不成材。躬耕二十二年，家庭負擔頗為沉重，所居屋室十分簡陋，身著布衣，食不豐足，雖好飲酒，卻常無餘錢。親友們知情，每設酒款待，陶淵明也隨緣盡興，醉後必歸，絕不戀棧。酒後常作詩，著有《飲酒》、《歸園田居》等詩集。此外，更有《桃花源記》、《歸去來兮辭》、《五柳先生傳》、《自祭文》等文章傳世。其中名句「采菊東籬下，悠然見南山」，後人多能朗朗上口。我最喜歡那「悠然」二字，很能表達一個人的心境。五柳先生歷經人世滄桑，最後回歸田園，雖然物質條件非常貧乏，但是精神上卻能以耕讀、著述為樂，至死保持一顆悠然自得的心。何以能夠如此？答案就如其《自祭文》中所述「樂天委分，以至百年」；也就是說，樂於順從上天對自己的安排；換言之，就是能夠隨緣。

第四章　體驗生活中的美

【眼】

台灣知名畫家及作家席慕蓉在其著作《畫出心中的彩虹》裏提到：

孩子們的幼年是一片寬闊的原野，你可以在上面任意栽植世界上所有的花草，……雖然他往後的歲月要靠他自己，但是，在這最初的幾年，在他依偎在你身旁的這幾年，他完全要靠你。靠你供給他所有的經驗、所有的知識、所有的有關美的記憶。……我們先從最容易，最直接的做起。就是：多帶他們接近大自然。

我們可以帶兒童觀察天空在晴、陰、雨時不同的顏色，稻子在剛插秧時的嫩綠與快收割時的金黃，海水的深藍與碧綠，蝴蝶千變萬化的翅膀，熱帶魚奇妙而絢爛的身體，孩子在其中可以得到的收穫與快樂，將是你我都想像不到的。講求色彩絕不是一項奢侈的行為，而是上天賜給我們，要我們享受的豐盛的筵席。

的確，大自然是最好的教室，也是博物館、藝術館、戲劇院，對小朋友而言是如此，對成人又何嘗不是？如果可以，就讓我們走出戶外，去體驗大自然的美好。

山水

答應春雨的召喚，駕駛著黑亮轎車，馳驅在石門水庫的環湖路上。雨絲親吻著前擋玻璃，窗外是一片青山，雨中的青山份外嫵媚。

尋覓一處最佳的視點，只見山霧朦朧下，是一片江煙迷漫。綠色湖面上，一隻潔白的鷺鷥，優雅地擺動雙翅，穿越在山雲水霧、空靈縹緲之間……。啊！這不就是畫家筆下的潑墨山水嗎？

辛稼軒云：「我見青山多嫵媚，料青山見我應如是。」果然如此麼？又何須計較真偽，眼前這份詩情畫意已然令人陶醉！再忙，也不忍匆匆離去，將自己融入其中，盡情地與山水纏綿……。

湖光山色是為悠閒的人而存在。能與黃、韓兩位好友同遊，誠乃人生樂事！時在二〇一二年初春。

黃慶 攝影

星空

一九八二年十一月，帶領一組人馬，登上蘭嶼的最高峰，準備進行夜間跨海測量。仰望長空，星光燦爛，一顆顆星子如白、黃色的碎鑽，鑲嵌在黑絲絨般的夜空中。看著它們隨機地散布，那是一種美！如果有系統地觀察，就看到了天鵝座、仙后座、金牛座、飛馬座，也聯想到一些美麗的神話故事。我細細咀嚼著夜空，除了星光，還看到那深邃無垠的幽暗。宇宙是難以想像的浩瀚，而人類是多麼渺小！相對於宇宙已有百億年以上的壽命，人的一生又何其短暫！人能百歲，已稱人瑞，我有些朋友未滿六十歲，就已經離開這個世界。想一想，人生在世不過數十寒暑，又何必貪圖名、利、權勢，而做出於心不安的事來？子曰：「富與貴，人之所欲也，不以其道，得之不處也。」默唸斯言，於我心有戚戚焉！

夏日的雨後

嘩啦啦——轟隆隆——，下班時的一場雷雨，頓時消滅了不少暑氣。老天爺的脾氣沒有發得太久，當我開車經過一大片田野時，已是乍雨初晴的天氣。

清新的空氣、美麗的田園十分誘人，我忍不住下車，展開雙臂，像魚兒一樣大口大口地呼吸。抬頭，只見一片如洗的藍天，一大朵棉花糖似的白雲，靜悄悄地呈現在我眼前。透著聖潔光亮的雲，輕輕浮在乾淨的藍天上，就是這麼單純，卻是那麼吸睛。其實，大自然的美不需要像什麼，幾筆渲染的色塊，就能讓人十分感動。

看雲

雲，是二十四小時不停的動畫。第一次發現雲的美，是在國小四年級上學途中；一大塊烏黑的雲裡，泛著赤紅，陽光穿透不了厚厚的雲朵，卻在周邊鑲起明亮的金框，真是美極了！那影像一直刻在我小小的腦海裏。第二次發現雲的美，是二十多年後，駕車盤旋在北橫的山路上；一片片輕淡、潔白的嵐霧，在青山翠谷間緩緩飄移，比起枯乾、死寂的月球，地球真是美得讓人疼惜！

南朝陶弘景有詩云：「山中何所有？嶺上多白雲；只可自怡悅，不堪持贈君。」的確，雲的美，難以盡言，還須靠自己慢慢體驗。

觀雨

一九九三年秋，因工作而留守在屏東山區。那年，台灣南部大旱，水庫乾涸，民生用水也極度缺乏。

火辣辣的陽光普照在大地，昔日的青青草原，已是一片枯黃。遙望遠處的樹木，枝葉都無力地垂下，枝椏間也失去了猴群的蹤影。草叢堆裏，碩大如指的蜈蚣，探頭探腦地，到處尋找陰涼的所在。粗壯的蚯蚓，受不了焦土的烘烤，紛紛爬出地面，卻黝黑乾癟地終結在八月的午後。林中，聽不到蟬鳴，聽不到鳥叫，草原上也是一片沉靜。

傍晚時分，刮起了一陣涼風，我好奇地抬頭，企圖尋找涼意的來源，只見明亮的天光已被幾朵烏雲遮蓋。沒有多久，雨就淅瀝淅瀝地下了起來。雨絲在微風中，如千萬支晶瑩剔透的繡花針，斜斜插入大地，頓時，空氣裏就飄來一陣泥土的芳香。

忽然，天空中出現了十幾隻野燕，輕盈地在雨中飛翔；忽而爬升，忽而俯衝，在啾啾的鳴叫聲中，愉快地飛舞。

不久，雨停了，草皮也濕潤了。鵝黃的、粉白的斑蝶，紛紛出來舒展筋骨。身形圓滾的甲蟲，埋頭狂飲著草上的甘露，全然不顧自己貪婪的形象。遠處林裡的蟬聲，如浪潮般一波波傳入耳中；音調忽高忽低，節奏忽急忽徐，齊聲奏出狂歡的樂章。剎那間，我有了新的體悟——原來乾旱不只是困擾著人類，山區裏這些大大小小的生命，又何嘗活得不夠艱辛呢？

晴晴雨雨是大自然的規律，苦旱後的歡欣，也總是一再地重演；然而，旭海草原上的那場雨，最讓我難忘，那真是一場漂亮的雨。

彩虹

雷雨過後，天空中畫出一道彩虹。七彩的虹如拱橋般，以完美的曲度，彎彎地跨在藍山前。見到彩虹是一種幸福，紅、橙、黃、綠、藍、靛、紫的顏色由上而下依序排列，輕輕的，淡淡的，若有似無，卻美得讓人欣喜。

《聖經》上說：彩虹是神與人的約記。所以，在天空我看到神的愛。又有人說：彩虹代表著美麗的夢想。夢想，或許可以用真心、勇氣、智慧去實現。

無奈的是，天空的彩虹很容易消失；但願你、我心中的彩虹，不會輕易地消逝！

能用眼睛看雲、看雨、看彩虹，是很幸福的事；對於一位盲人來說，又是什麼樣的心情呢？美國知名身障作家海倫・凱勒(Helen Keller)在她的一篇文章中提到：如果發生奇蹟，讓她重見光明三日，她最想做的，就是——

第一天，看一看最親近的人及狗兒。其次，欣賞一下居家擺設及美妙的大自然。

第二天，到自然歷史博物館參觀，以了解人類的過去與現在。然後去藝術館及劇院，欣賞人類各種偉大的藝術創作。

第三天，到大都會區看看摩天樓、快艇、拖船、繁忙的街景、商店百貨，還有各區域生活中的人們。

她還寫到：

我，一個看不見東西的人，僅僅通過觸覺，就發現成千上百種令我有興趣的事物。我感受到一片樹葉的精巧對稱。我用手撫摸光滑的白樺樹皮，或粗糙、蓬鬆的松樹皮。春天，我觸摸樹的枝幹，滿懷希望地搜尋著嫩芽，也就是那冬眠過後，大自然甦醒的第一個跡象。我感受到花朵那令人愉快的，天鵝絨般的質地，也發現它那奇妙的捲曲，大自然的一些奇蹟對我展現。有時候，如果運氣好，我把手輕輕放在一棵小樹上，還能感受到一隻小鳥歡唱的愉悅顫動。我喜歡讓溪澗的涼水流過我張開的手指。對我來說，一片茂密的松針或鬆軟青草的地毯比最豪華的波斯地毯還受歡迎。對我來說，四季的絢爛是一部令人激動且無止盡的戲，而這部戲的表演流經我的指尖。

最後，海倫・凱勒特別提醒我們，要善用雙眼及其他感官，仔細去體驗生活中的各種美好。

我的母親

母親生前喜歡文藝。記得我剛上幼稚園時，她教我唱《木蘭辭》：「唧唧復唧唧，木蘭當戶織。不聞機杼聲，惟聞女嘆息……」當我寫這些句子的時候，腦中還記得母親的聲音。長大後，母親教我唸一些唐詩。有時候，母親心情很好，她就會用杭州話吟唱詩詞；不知道為什麼？我總覺得聽起來比國語順耳，更能感受到詩詞的韻味。

母親六十歲後，由於工作清閒了，所以開始學畫。畫得有些樣子了，就跟著老師一同到日本參展，而榮獲堺市教委會賞狀的獎勵。

母親八十多歲時，仍然氣質出眾，舉止優雅。頭上雖然白髮皤皤，但是行走、坐、立間腰桿挺拔，完全不顯老態。倒是我，年過五十就有彎腰駝背的現象。有一天，我好奇地請教母親：「媽，我看您坐、立間，腰背都挺得很直，是不是有特別注意這方面的問題？」母親回答：「我年輕的時候，在上海一家餐廳用餐，碰巧有一位電影明星也在場，我看她坐姿端莊，儀態優雅，在心裡就留下深刻的印象。所以，從那時候起，便經常提醒自己要向她學習。」這樣的對話，我很珍惜；因為，能把握時光看看母親，與她真誠地互動，是一件美好的事。

家母所繪花鳥圖

馬遠的《山徑春行圖》

有時候，我在思考，我們看畫展，究竟是為了什麼？除了希望享受一場視覺饗宴外，還有呢？所謂「藝術能陶冶性情」，究竟是如何陶冶？又陶冶什麼樣的性情呢？

有一天，我在網路上觀賞南宋馬遠的《山徑春行圖》。網路上觀賞有個好處，就是可以放大、縮小，因此可以看得非常仔細，而缺點是，畫面的色彩可能失真。這幅畫的景物並不多，幾筆簡單的花、鳥、人物、山形、樹木及一首題詩，圖面算是相對簡潔。乍看之下，正如標題所言，一個人帶著隨從，在春天的山間小徑上行走。稍微仔細的人，會讀一下畫面右上角的詩句「觸袖野花多自舞，避人幽鳥不成啼」。的確，那人的衣袖在行進間碰觸到了路旁的花朵，而樹上的黃鶯為了躲避人，飛離枝頭，停止鳴叫。基本上，題詩解說了這幅畫的情境。

如果我們有時間，仔細地去「咀嚼」這幅畫，會發現——觸袖野花，是在暗示人跡罕至，花草都已擋住了道路。山鳥停止鳴叫，而驚惶飛起，也顯示該處人煙稀少，地處偏僻。在這幽深的山野裡，出現兩個人；一昂首挺立，一佝僂身軀，對比下就彰顯出前行者的高士風範；而審其衣冠乃文人打扮，姿態從容，攜琴出遊，則表露出一番閒情逸致。如果我們以這種心情，把自己投入在畫中的山野溪邊，抬頭望著空靈的遠方，不知不覺間，心胸也開闊起來。

這幅畫之所以能塑造出如此意境，除了以上的巧思外，它的構圖更是匠心獨運。馬遠把大多數景物置於這位雅士的腦後，而以前方的嵐霧及大量留白，營造出幽遠的情境，然而這種左重右輕的佈局，藉由右上方的題詩，使得整幅畫面呈現出平衡、穩定的美感。南宋文人山水畫之高妙處，就在於有思想、有意境，且成功地將詩、書、畫，三者合而為一。

此畫由於年代久遠，色彩應已不似當年。不過，依稀能看出馬遠用色輕淡，或許是一些淡淡的白與綠，來表現春天的嵐霧與柳色。至於長長的柳枝、山形及小徑，則用輕淡、細長、圓滑的線條來描繪，加上右上方大量的留白，使觀賞者在心中產生一種舒緩、平靜、悠閒的感覺。

我們從畫中，除了可以看出古人的生活品味，感受詩意般的美，而經常沉浸在那種空靈、幽遠的境界，能開擴我們的胸襟，改變我們的氣質。一幅好的畫，蘊含了真、善、美。將廣大的山水納入在小小冊頁之中，畫得像，不算稀奇，能畫出意境，進而潛移默化人的心性，我認為才是這幅畫真正價值之所在。

米勒的《晚禱》

據說，一幅原本標題為《歉收》的畫作，米勒（Millet Jean Francois）在遠處添加了一座尖塔教堂後，將其更名為《晚禱》。如此神來之筆，讓畫有了生命，而成為一幅感動人的作品。我曾思索——為什麼它能深深觸動到我的心？

來到畫前，映入眼簾的是一對農夫、農婦。他們以逆光的形式，站立在黃昏的田野裏。男的脫帽置於胸前，女的雙腳併攏、兩手合握，一起低頭在做禱告。遠方地平線上有一座教堂，顯然他們是聽到教堂的鐘聲，因此放下了農具，虔敬地進行晚禱。廣闊的田野，在陰暗的色調中，呈現出一片安祥、寧靜。男的身旁，一支鐵叉插入土中，女的腳前，放著一個籃子，裏面有些剛掘出的馬鈴薯，她身後擺著一部推車，上頭僅有不滿兩袋的收穫。從他們的衣著及收成可以看出，他們是窮苦的人；從他們規矩的神態也可以看出，他們是樸素老實的莊稼人。令我感動的是，即使窮苦，他們也不怨天，依然虔誠地做著禱告。我相信他們的禱告，必然懷著謙卑、希望與感恩。

現今的社會及媒體，充滿了太多的抱怨與偏見，而缺乏感恩的心。德國哲學家叔本華（Arthur Schopenhauer）說：「我們很少想到自己所擁有的，卻總是想到自己所沒有的。」米勒的這幅畫，讓我看到人性樸實、善良的一面。感恩是一種愛的表現，當我們心懷感恩時，就不再怨恨與絕望。習慣抱怨的人，生活會日漸冰冷、晦暗，福份會愈來愈薄；常懷感恩之心，能讓我們的生活充滿溫暖、喜悅，福份會愈來愈厚。

石門水庫風情

由溪洲大橋旁的收費站進入石門水庫，前行約四百公尺，左側有一座溪洲公園。假日裏的公園十分熱鬧，爹地、媽咪、小寶貝，還有阿公、阿婆及一對對情侶，在草坪上、樹林間，或漫步、或野餐、或嬉戲，處處洋溢著溫馨與歡笑。到了上班的日子，這裏就安靜下來，回歸到鳥與昆蟲的野生世界。

從公園入口處往上爬，經過波浪起伏的草地，順著步道左轉，後頭一大片林區是我心靈的浴場。以高大的枝葉為蓋，青翠的草坡為池，溫柔的陽光如蓮蓬水般從枝葉間流下，清爽的芬多精為我洗滌心靈的塵囂，穿越其間就像沖一場Spa，渾身感覺清新與舒暢。

往前是一片羊齒植物林，置身其間，有如回到奇幻的侏儸紀世界。想像一群可愛的雷龍，正歡喜地咀嚼著樹梢的嫩芽；要不是考古證據歷歷在目，真教人難以相信，地球上曾經存在過這麼巨大的生物。「嘎嘎——嘎嘎——嘎——」急促的叫聲，打斷我幽遠的思緒，尋覓間，一隻紅嘴藍身的長尾鳥正落腳在眼前的高枝上；碩大的體型，宏亮的聲音，拖著一尺多長的尾巴英挺地站立在那裡。再定睛望時，牠已展開雙翅在林間飛來撲去。其狂野的氣息深深吸引著我，經過查證，原來是大名鼎鼎的台灣藍鵲。

再往前，來到丁字路口，朝右拾級而上，只見狡猾的蜘蛛在道旁的枝椏間佈下了一張網。可嘆呀！今天將會是誰，要在那網上進行驚惶的喪禮？幾只透明的蟬殼，緊緊攀附在粗圓的樹幹上。樹皮上深深的刀痕，刻的是一顆心及一個女子的名字；顯然愛神邱比特的箭射中了那名男子，讓他暈淘淘地做出這不合法卻又浪漫的事來。長滿青苔的巨石，如朱銘的斧劈，渾厚有勁地矗立在山坡地上。循著林蔭步道前行，腳下枯葉的喀嚓聲，踩碎了一片寧靜。我心愛的米格魯犬走了，不然可不會這麼寂靜。牠銀鈴般的叫聲，曾迴盪在這塊野地。有時想想，生命不就是如此麼？如花開又花謝，又何必放不開呢！

槭林公園邊上有一條偏僻小徑，小徑的盡頭有三座小亭，分別是迎曦亭、長方亭與迎賓亭。偶而至此小讀，背幾句英文，讀兩篇詩經，眼睛乏了，就舉一盞清茶，邀微風共飲。更憶起昔日亭中對弈的亡友，想人生苦樂有如一場幻夢，凡事都是虛空，虛空的虛空。

迎曦亭外不遠處，有幾株緋寒櫻，沿石階往下是一片梅林，往上則是一片槭林。冬末歲初，雪白的梅花盛開，空氣中飄浮著幽遠的香氣，到春天快結束的時候，枝上就結出數百顆大大小小的青梅。初春，輪到櫻花綻放，黑褐的枝條上裝飾著嫣紅的花朵，十分醉人。秋末冬初，是槭林換裝的時節，片片黃葉襯托著幾許丹楓，渲染出一片浪漫楓情。可惜每年花季與楓紅的時間都不長，彷彿在提醒我們，璀燦的生命非常短暫，要及時把握。及時，不代表要汲汲營營；把握，則需要有一份閒情逸致。偶而把生活步調放慢下來，不追求急功近利，做任何事都當作是一種享受，不就是悠閒麼？

每年颱風前後，水庫會安排洩洪。柔弱平靜的水積聚在高處，有了地球重力的加持，出了閘門就像一群狂奔的野獸，轟隆隆迅猛地直衝壩底，巨大的動能激起二十層樓高的水花，水氣迷漫，兩百公尺外還能沾濕我的衣裳。這是屬於奧仙〈希臘神話中的河神〉及其子女們的滑水遊戲，凡人是玩不起的。一條兩尺多長的大頭鰱，不小心被吸進了閘門，順著兩百多公尺的滑道奔流而下，在洩洪道底彈起的瞬間而身首異處，折斷的魚身緩緩漂流至遙遠的岸邊，為拿著長竿而等候多時的村民所揀拾。此情此景，不由得讓我為魚兒奏起淡淡的哀歌。然而，這就是公正的大自然，教導著每個生命都要謹慎，一失足就可能造成千古之遺憾！

雄偉的大壩，頂端有著高遠的視野，佇立其上，自然而然就心曠神怡。滿滿吸一口新鮮空氣，張開雙手學李奧納多擺一個鐵達尼號船首上的英姿。舉目眺望，三面環山，一面俯瞰著廣闊的大漢溪河床。洩洪時，河床上一片汪洋，滾滾渾水如野牛般瘋狂地往北流竄，經過台北、關渡、淡水而進入遼闊的大海。然而，今天的大漢溪水，卻溫馴地有如穿戴著薄紗的新娘，在落日的餘暉中漸漸朦朧。

昏暗的太陽還未落盡，淡淡的月亮已迫不及待地昇起，微風輕吻著我的臉頰，壩頂上的咖啡已然開始飄香。夏季裏由各鄉鎮展開的歌謠季，到秋天會師於壩頂的圓形廣場時，已逐漸進入活動的最高潮。舞台前、階梯上，坐滿了等待觀賞的群眾。來自不同地區、不同類型的表演團體，熱情地招呼著大家，優美的琴聲拉開了表演的序幕，隨著悠揚的歌聲，沉醉在王洛賓《銀色月光下》的浪漫裏。鄧雨賢的《望春風》、《雨夜花》也不遑多讓，淡淡的幽怨，輕輕撫慰著悲痛的靈魂。更有那原住民的歌者，緩緩地唱出了鄧麗君的柔情「你問我愛你有多深？我愛你有幾分？……」台下的觀眾鼓著拍子與台上的歌者應和，彼此間真情流露，相互鼓舞，在甜美歌聲的迴盪中，天色漸漸暗了下來。

夜，張開了黑色的翅膀，美麗的石門水庫將在它的羽翼下安眠。收拾起行囊，起身我也該告別。珍重再見！祝福妳一夜好眠，休養好精神，擇日我們再聚。

【耳】

音樂

小時候，母親教我唱過一些童謠。記憶中，父親有許多黑膠唱片，腦中還殘留有印象的是《聖塔露西亞》及《富尼古利—富尼古拉》等義大利歌曲。

初中時，就讀台中一中。音樂老師吳○厚在上課時，經常會講一些音樂家的故事，也曾經教我們製作寫五線譜用的沾水筆。在他編印的教材中，節錄了許多古典音樂的曲子，有布拉姆斯(Johannes Brahms)的《搖籃曲》、舒伯特的《鱒魚》、比才的《鬥牛士之歌》、巴哈的《老漁翁》（G大調小步舞曲）、韓德爾《快樂的鐵匠》，以及韋伯《魔彈射手》、威爾第《弄臣》等歌劇中的選曲。他也是學校管樂隊的指導老師。放學後，我常倚靠在教室的窗邊，欣賞老師指導樂隊練習蘇佩的《輕騎兵序曲》。

高中時，就讀台北徐匯中學。一棟教學大樓的長廊上，掛滿了音樂家的畫像，他們神采奕奕、氣宇不凡；許多放學時光，我喜歡在那兒留連。當年，音樂課游○發老師教我們唱《老黑爵》、

《肯塔基老家》等福斯特（Stephen C. Foster）的原文歌曲，而一位代課老師彈奏《杜鵑圓舞曲》的琴藝，則令我驚豔。當時，多麼希望家裏有一部鋼琴，但是，為了不給父母添麻煩，一直沒敢提起。倒是那年，蔡咪咪唱的一首歌《媽媽送我一個吉他》紅遍各廣播電台，沒想到在我生日那天，母親真的送給我一把吉他，讓我十分驚喜。

當我自己有了孩子，體認到音樂的重要性，而音感必須從小培養——因為幼兒大腦像一張白紙，很容易記憶；如果接觸音樂，他腦中就會烙下許多優美的旋律；如果父母經常爭吵，他腦中就會留下許多不良印象——所以當下就決定，用分期付款買了一部鋼琴。如今，孩子已長大成人，鋼琴就成為我老年的陪伴。從職場退休後，每天我喜歡彈一會兒琴，通常是在早餐後或看電視的空檔。有時候，我會玩一種遊戲，就是從《藍色多瑙河》的旋律中去抓鋼琴中央C的絕對音準。通常，我會偏離一或兩度音，但是，當唱出的音與琴鍵的音正好吻合時，感覺就好像對中了獎，心裏特別快活。學習樂器，剛開始時會覺得枯燥乏味，這多半是

因為不熟練；如果不貪快，以輕鬆的心態慢慢學，一週、一月、一季、一年，逐漸會累積出成果。一旦技法成熟，那種駕馭的感覺，真是快樂無比。由於隨性地練習，胡亂地變奏，三不五時腦中就會浮出一些優美的樂句，讓生活變得新奇、有趣。有時候，一個人心情特別平靜，掀起琴蓋，緩緩地彈奏一些小品，隨意地銜接，感覺也十分愜意。

大學時期，迷上了西洋歌曲，每個月都到唱片行挑選新出爐的西洋金曲唱片。而後，也喜歡上校園民歌，但是，對古典音樂的喜愛卻從未中止。坐車前往台北海頓音樂圖書館，拷貝音質純淨的古典音樂盤帶，那是一段懷念的歲月。為什麼我喜歡古典音樂？因為，它非常有質感。由於注重音質及音準，所以在樂器製作、保養，乃至演奏技法上都非常講究；就好像一個名牌包，在質料、色彩、樣式及做工上都會盡力要求完美。此外，古典音樂有它的豐富性。通常流行歌曲、民謠等，曲子都不長，因為，優美的樂句常來自靈感，一般都不會太長；而古典音樂有深厚的樂理支撐，因此可以透過變奏或各種形式的演繹，將簡單的樂句複雜化、豐富化，讓人沈浸在優美的對比與變化當中。

通常，我會以一位樂團指揮者的心境來聆聽古典音樂；當某一種樂器在演奏時，就去感覺到它在樂團中的位置。每一種樂器都有它優美的音色，小提琴、大提琴、長笛、短笛、單簧管、雙簧管、豎琴……，即使是低音提琴、低音號或定音鼓，在良好的搭配下，也能發現它聲音的美。

年輕時，接觸到的第一首協奏曲是莫札特《A大調單簧管協奏曲》。當時，就受到那自然流暢的旋律，以及美妙的音色所吸引。多年後，我發覺——同樣一首曲子，在極其安靜的環境下，閉上雙眼，讓所有的器樂聲流入耳中，同時間聆聽各個聲部，彼此間或重疊或交替纏綿，那種心無旁騖，緊緊跟隨樂曲起伏的感受，很能讓人陶醉。

了解樂曲的創作背景、形式，以及聲音所象徵的意涵，對於聆賞音樂確實會有幫助，尤其是描寫大自然或人文主題的標題音樂，如：貝多芬的《田園交響曲》、柴可夫斯基的《一八一二序曲》、聖桑的《動物狂歡節》、穆索斯基的《展覽會之畫》等。

即使是，不描寫特定事物的純音樂，如：巴哈《D大調第五號布

蘭登堡協奏曲》、海頓《降E大調小號協奏曲》、貝多芬《升C小調第十四號鋼琴奏鳴曲》、孟德爾頌《E小調小提琴協奏曲》等，也能讓人感受到旋律、節奏、和聲及音色的美。一些輕彈的鋼琴曲，聲音甜美到讓我的舌尖都感覺到甘甜；一些小提琴曲的延長音，也讓人的心舒服到了極點。

聲音的粗細、快慢、強弱及音階的上行或下行，會激起人不同的生理反應，所以音樂能影響人的情緒。恐怖電影中，大白鯊出現時的音效，能加深人們恐懼的心理。感人的畫面，配上音樂，更容易催人眼淚。因此，在日常生活中，我們可以用音樂來調整自己的情緒。聆聽莫札特《C大調長笛與豎琴協奏曲》或《土耳其進行曲》，隨著琴絃、琴鍵上跳躍的音符，我心亦歡欣跳躍，感覺生命是何等美好！同時，也喜歡羅西尼的《威廉泰爾序曲》及漢斯・季默（Hans Zimmer）等人所作電影《神鬼奇航》交響配樂中，那種氣勢磅礴、奮勇前進的感覺，鼓舞人走向積極的人生。古諾/巴哈《聖母頌》中悲憫、聖潔的宗教情懷，以及史麥塔納《莫爾道河》中純真、偉大之愛國情操，都曾讓我流淚。因此，我深深地感覺到——沒有音樂的人生，將何其貧乏？！

其實，古典音樂沒有想像中那麼艱深。在日常生活中，我們常聽到的頒獎樂，就是取材自舒伯特的《軍隊進行曲》；常使用的結婚進行曲，則分別來自華格納的歌劇《羅安格林》與孟德爾頌的歌劇《仲夏夜之夢》；少年時唱的歌《念故鄉》，來自德弗札克的《新世界交響曲》；一首常用的手機鈴聲，取自帕海貝爾(Johann Pachelbel)的卡農；人人都知曉的《遊子吟》，則來自布拉姆斯《大學慶典序曲》。此外，威爾第(Giuseppe Verdi)《茶花女》歌劇中的《飲酒歌》及《阿伊達》歌劇中的《凱旋進行曲》，普契尼(Giacomo Puccini)《杜蘭朵公主》歌劇中的《公主徹夜未眠》，莫札特《魔笛》歌劇中的《夜后》及《費加洛婚禮》歌劇中的《知否愛情為何物》，蕭邦的《離別曲》，舒曼的《夢幻曲》，貝多芬《第九號交響曲》中的《快樂頌》，比才(Georges Bizet)《卡門》歌劇中的《哈巴內拉舞曲》都是膾炙人口的經典之作。我們知道，食物經過仔細地咀嚼會更有滋味，而欣賞古典音樂也是如此。有時，第一次聆聽只是感覺不討厭，愈聽就愈能發現它的美。所以，「重複地聆聽」是欣賞古典音樂的必要法門。

最後，想提出一項忠告，就是儘量避免用耳機來欣賞古典音樂。因為許多交響曲的音量反差很大，戴耳機一不小心就會傷害聽力。三十多年前，我沉醉在比才《阿萊城姑娘》的組曲中，結果聽力嚴重受損；當摘下耳機時，發覺這個世界所有的聲音都變得很微弱。經過耳科醫師診斷，除了開些維他命處方，也別無良策。所幸一週後，聽力逐漸恢復；否則，真是要抱憾終生了。

溪水聲

桃園龍潭粗坑窯有位捏陶人，他曾將自家宅院開放為一座藝術空間，提供愛好者從事音樂、書法、雕塑等藝術活動，如此風雅的歲月持續了好長一段時間。

步出其宅院，後頭有一座山。進入山口，有一條石板小徑，林蔭夾道，鳥聲啾啾，非假日期間，人跡寥寥，頗為清幽。每年五月，油桐花盛開，只要山風一陣，空中就滿是白花飛舞，為小山增添畫意。

沿著登山步道，旁邊有一條小溪，透明的溪水順著坡道迂迴而下，沖擊在佈滿青苔的大、小石塊上，發出淅瀝瀝的聲音。我佇足靜聽，輕輕的流水聲十分悅耳。雖然，溪水潺潺，卻讓人的心情特別平靜。

孔子在川上，曾感嘆道：「逝者如斯夫！不舍晝夜。」這是多麼簡潔、優美，又深含道理的一句話啊！聽著淅瀝淅瀝的水聲，它似乎在提醒我們，時光消逝有如這流水，日夜都不停歇啊！

鳥鳴聲

二〇一四年元月某日，同學母喪，在雲林老家公祭。為了避免行程上有任何耽誤，所以在網路上挑選了一家摩鐵（Motel），於前一天即行入住。

到了雲林，由於人生地不熟，所以開車至明日的公祭場所，先了解狀況。之後，在市區繞了一圈，買些水果，晚上就回到旅館，享用附贈的晚餐，倒也省心。

翌日清晨，用完早餐，由於時間尚早，於是到餐廳後面的花園散步。樹叢裏，鳥鳴聲清脆、嘹亮，令我的心瞬間也亮了起來。抬頭尋覓，見四、五隻白頭翁在枝頭跳躍，不時發出悅耳的叫聲「唧兒～唧～唧～唧～，唧兒～唧～唧～唧兒」。婉轉多變的呼喚聲，此起彼落，「唧喀～格林格林，唧喀～格林格林～」。可惜我不解鳥語，只覺得牠們生氣蓬勃，歡樂而有朝氣。

友，母亡，想必哀傷；而我，也曾在病榻前，歷經喪父及喪母之痛！聽鳥雀在枝頭跳躍、鳴叫，特別感覺到——健康的身體是何等可貴，有活力的生命是多麼美好！

無聲勝有聲

這世間有各種各樣的聲音，風聲、雨聲、雷聲、流水聲、海潮聲、蟲鳴聲、鳥叫聲、獅吼聲、狼嚎聲、狗吠聲、嬰兒啼哭聲、情人軟語聲、怨偶吵鬧嘶吼聲、鼾聲、叫賣聲、讀書聲、琴聲、簫聲、笛聲、鼓聲、鐘聲、喇叭聲、汽車聲、機車聲、飛機引擎聲、輪船鳴笛聲，以及牆上掛鐘的滴答聲等。除此之外，還有另一種狀態，就是寂靜——一種沒有聲音的情境。

在生物多樣性的叢林裏，寂靜有時是為了保護自己，隨意出聲，即可能招來殺身之禍；而在嘈雜的人類社會裏，寂靜有時是一種沉澱，也是一種享受。

徐志摩的詩《再別康橋》，基本上就是在輕輕的、悄悄的、寂靜的氛圍裏產生的。

《再別康橋》

輕輕的我走了，正如我輕輕的來；

我輕輕的招手，作別西天的雲彩。
那河畔的金柳，是夕陽中的新娘；
波光裡的豔影，在我的心頭蕩漾。
軟泥上的青荇，油油的在水底招搖；
在康河的柔波裡，我甘心做一條水草。
那榆蔭下的一潭，不是清泉，是天上虹；
揉碎在浮藻間，沉澱著彩虹似的夢。
尋夢！撐一支長篙，向青草更青處漫溯；
滿載一船星輝，在星輝斑斕裡放歌。
但我不能放歌，悄悄是別離的笙簫；
夏蟲也為我沉默，沉默是今晚的康橋！
悄悄的我走了，正如我悄悄的來；
我揮一揮衣袖，不帶走一片雲彩。

寂靜還有一個妙處，就是能讓聽覺更加敏銳。有時，我會用手指堵住耳朵，關閉自己的聽覺，然後閉上眼睛，享受片刻的寧靜。那是很舒服，又很放鬆的感受。之後，我將手指移開，發現聽到的聲音更清晰了；可以聽風吹過樹梢的聲音，可以聽圍棋的落子聲，可以聽萬籟俱寂下的一片寧靜。

【鼻】

香瓜

小時候，一群野孩子的我們，喜歡在週末下午，相約到村落附近的鄉野去探險。

有一天，來到一條大河邊，上有濃密的樹蔭，下有清澈的流水，舉目四望，有如一座世外桃源。一群鴨子快樂地在河裏游泳，不時地把頭探入水中，似乎在尋找吃的東西。另外幾隻在河邊漫步，偶而抬起頭，威風地揮舞著雙翅。來到這麼一處清涼的所在，大夥兒都非常開心。我們在淺水區，輕輕地翻開石頭，尋找那躲在石縫裏的螃蟹；忽然聽到一聲驚呼，趨近一看，原來在石堆裏發現好幾顆鴨蛋；就這麼小不點兒的事情，也讓我們嘰嘰喳喳，亢奮了好一會兒。

沿著河流往下走，是一片寬廣的鵝卵石河床。無意間，我踩破了一個野生的香瓜，瓜雖小，一時間香味四溢，自從有鼻子以來，還真沒嗅過如此香甜的瓜果。

長大後，嚐過許多香瓜；遺憾的是，都比不上兒時記憶中那種綿密、香甜的氣味。

爆米香

「要爆囉——要爆囉——」砰一聲，從黑色鋼瓶中蹦出千百顆米香粒，剎那間，全竄進一個筒狀的鐵網裏，一陣米香味撲鼻而來，那是童年快樂的記憶。

小時候，只要聽到「爆米香——爆米香——」的叫賣聲，家家戶戶就起了騷動，媽媽帶著小孩，拿著盛滿米的奶粉罐，直奔廣場而來。談好了價錢，媽媽們大多打道回府，小孩們就負責盯著奶粉罐排隊的任務。

兩位師傅，一位看著煤炭爐上轉動的鋼瓶，一位將砂糖與麥芽糖混入鍋中熬煮成糖漿，小孩們圍在旁邊嘻嘻哈哈，好一幅皆大歡喜的景象。看著師傅將爆好的米粒，從鐵網中倒在一塊鑲著邊框的木板上，他看看罩子，是否要加花生？無論如何，最後都會將熬好的糖漿淋在上面，且不停地用兩片木鏟攪拌。等到拌勻了，就用木鏟將米香粒攤平壓緊，最後拿出一根長木條，架在框板上，用刀切割成一塊一塊的爆米香。

孩子們開心地抱著兩袋屬於自家的成品，回家後，一面品嚐著甜脆的爆米香，一面將剩餘的裝入餅乾罐中。時光飛逝，爆米香的影像雖然歷歷在目，講起來，已經是半個世紀的前塵往事了。

花香

鄉間訪友，臨走時，朋友送我兩株蘭花，且特別囑咐要用蛇木屑栽植。返家後，依友所囑，而將其安置於後陽台上。或許是環境陰涼得宜，蘭葉生長得修長如劍，濃綠又有光澤，隔年春節前後，還開出淡紫色的花朵。由於花容俊秀，且散發出一股清香、淡雅的氣味，於是將其移入室內，希望能親近它幽雅的氣息。往後每年新春，報歲蘭都來報歲，給平靜的生活帶來一些驚喜。蘭花姿態飄逸，香味淡雅；無怪乎，沈復在《浮生六記》中說：「花以蘭為最，取其幽香韻致也」。

而後，子女漸長，乃遷至新居，在庭院中手植兩株桂花，如今已二十餘載。小小桂樹苗有不同的際遇，接觸陽光較多的一株已是枝繁葉茂、高大過人，另一株則發育欠佳，塊頭只有一半大小；然而，它們都很能開花，每年只要施一點肥，它們就滿園生香作為回報，除了秋季，不定期也會飄香。淡黃色的花簇雖小，卻芬芳襲人，進出家門時，一縷縷的花香，令人神清氣爽，心生歡喜。台灣的桂花樹大多是雄株，所以不會結出果實；但是，桂花的香氣讓人不膩，因此，能製作出桂花烏龍、桂花金萱、桂花年糕、桂花糖藕、桂花酒釀……等，令人喜愛的精美茶點。

多年前，妻在前院牆邊插枝了幾株玫瑰。小心地呵護著，盼望著，終於玫瑰抽出了芽，長成枝葉；而後，在不知不覺間，帶刺的枝條已佔領大半個牆面。為了防止傾倒，於是釘上金屬線加以固定。日子一天天過去，已經忘了盼望，玫瑰花卻悄悄地在園裏綻放。血紅的花瓣一輪輪地捲著花心，約莫有半個手掌大小，花形嬌美，神態優雅，讓人看了很是歡喜。由於缺乏香氣，於是好奇地撥開花瓣，勉強能嗅到一絲香甜。院中的玫瑰曾經感染過病害，葉片捲縮，上有紅、白斑塊；為了避免使用化學藥劑，所以，只得修剪枝葉，甚至全株拔除。所幸，必要之惡後，園中的玫瑰長得更加茂盛。假日裏，我清閒地由屋內望去，青綠枝葉上點綴著幾朵鮮紅玫瑰，感覺真是美！

賞花、聞香是一份閒情逸致，象徵著太平盛世，洋溢著幸福美滿；然而，賞花也讓我有些不安，因為太過美滿，就好像月亮走到了滿月，乾卦來到了最上爻。安和樂利的日子不是本該擁有，它需要謹慎經營。這世上有許多苦難，譬如：敘利亞、伊拉克、阿富汗等國家成百上千萬的難民，難道不值得我們多加警惕？

芬多精

喜歡在林間散步，一個人、兩個人、一群人都好。當我獨自在樹林中散步時，身心放得特別輕鬆，思緒也變得十分活躍，有許多想法或美妙的文句，會突然地從腦中湧出。

如果沒有特別的靈感，我就一路看看花草，欣賞樹木的姿態，看看它們是如何向上及向外伸展？有些彎折的枝幹，還可以看出風的來向。

人有體香；女人有女人的香味，男人有男人的香味，嬰兒有嬰兒的香味，當然這是要在清潔的情況下才能如此；而樹木也有香味，尤其是生長在環境良好的地區。據說，樹木的香味來自於芬多精。不同的樹種散發出不同成份的芬多精，檜木、杉木、樟木、肖楠木各有其味道，即使是雜木林也有它的香味。通常，樹木愈高大，香味也愈清晰。

芬多精是植物所排放的一種有機物質，用來防止有害菌在其枝幹上生長。換言之，它具有抑菌功能。白天的樹林裏，除了芬多精，更因為光合作用，所以含氧量高，在其間行走，對人體健康及心情舒緩有很大的幫助。然而有一種說法，就是油桐樹的芬多精不宜大量吸入，因為它容易誘發疾病，所以要特別注意。

絕大多數的芬多精對人體是有益的。經常聞著都市裏的煙囂味，偶而，我喜歡來到安靜的樹林裏，盡情呼吸林間的空氣，感覺上就是一種幸福。

【舌】

平凡中的幸福

寒冬之晨，用電鍋煮好了地瓜作為早餐。打開碗櫥，心裏猶豫著，是挑個大碗還是小碗來裝盛呢？按理說，大碗一次裝了省事，然而，一個念頭讓我作出相反的選擇。

我曾試著去體會日本的飲食文化，在面對小碟烤鰻、小碗味噌湯時，是什麼樣的心境？新鮮、原味的美食，配上小巧、雅緻的容器，讓人在進食中有一種特別珍惜的感受；即使是一片淡黃的蘿蔔，一口雪白的米飯，也能如此。就是這種心境，我拾起小碗，添了早餐，靜坐下來。

望著碗中黃澄澄的地瓜及蒸騰的熱氣，聽著窗外滴滴答答的寒雨聲，口裏咀嚼著食物自然流出的甘甜，雖然是平凡的早餐，卻感覺無比的幸福。

感謝上天讓農作物得以收成！感謝上天讓大多數人得以溫飽！在今日的用餐中，我體認到——飲食的美感來自於六要，即：

1. 食材要好（清潔、無毒、新鮮、營養……）。
2. 料理要色、香、味俱全。
3. 食器要合適、美觀。
4. 環境要幽雅、舒適。
5. 心情要輕鬆、愉悅。
6. 要用心去品嚐。

東坡肉

與家人或朋友出外用餐，通常我們會選擇一家比較有質感的餐廳。不一定要豪華，但是要清潔、雅致，使用陶瓷碗盤是基本要求，而停車方便，玻璃墊下鋪著桌巾，這種重視格調的餐廳，多半會成為我們的首選。

「東坡肉」是我最喜歡點的菜餚。此菜據說是北宋文人蘇東坡被朝廷貶到黃州時，因緣湊巧而開發出來的一道菜。在其《東坡集・豬肉頌》中有云：「淨洗鐺，少著水，柴頭罨煙焰不起。待他自熟莫催他，火候足時他自美。黃州好豬肉，價賤如泥土。貴者不肯喫，貧者不解煮，早晨起來打兩碗，飽得自家君莫管。」而後，東坡居士奉派到杭州任官，因疏濬西湖獎勵民工，而使得此菜流傳開來。鄉民感念其德澤，乃稱此菜為東坡肉。

杭州第一名菜——東坡肉，在台灣許多餐廳也有供應，只是烹調水準各有不同。如果碰上好的廚師，煮出來的肉，外表方正豐腴，光澤紅潤，而滷汁濃稠，讓人看了就垂涎欲滴；一旦入口，肥肉即化，甜而不膩，瘦肉不柴，香味撲鼻，讓舌上的味蕾個個都精神抖擻起來。

享受美食，這才是人生。但是，「人生」與「養生」有時會有矛盾——其實這也不算稀奇，人生本來就充滿著矛盾，只是要想辦法調和。如果身體狀況允許，偶而放縱自己，享受一下人生，又有何妨？

養生美食

其一　番茄雞蛋麵

二〇一五年十月至二〇一六年三月，長達五個多月的日子裏，屋頂菜園中的兩株聖女番茄樹，大約每兩、三天就會紅透幾顆番茄，分送人稍嫌不足，索性每個禮拜就煮些番茄雞蛋麵打打牙祭。為了簡便，通常我會如此料理：

（1）雞蛋與洋蔥（或青蔥）打勻後，用熱油炒香，然後取出備用。

（2）將番茄切丁，倒入鍋中，加少量的水，蓋鍋，用中火烹煮至完全軟爛。

（3）將麵條用清水洗淨後，倒入鍋中，加足量的水予以攪勻，蓋鍋，用中火烹煮至五、六分熟。

（4）將炒熟的洋蔥蛋（或青蔥蛋）倒入鍋中，稍加攪勻，蓋鍋，用小火烹煮至八、九分熟。

（5）添加適量的鹽，並將清洗過的青菜倒入鍋中，稍加攪匀，用中火烹煮至熟，即可起鍋。

這道麵食的好處是，備料容易，做法簡便，容易消化，營養而且美味。其中，雞蛋含有蛋白質、油脂及多種維他命；麵條含有碳水化合物；青菜含有纖維素及礦物質，通常視季節，挑選盛產的菠菜，或青江菜、小白菜、大白菜、高麗菜等；洋蔥含有硫化物、硒、前列腺素A；番茄含有茄紅素等營養物質。總而言之，這是一道適合許多人的養生美食。

其二　砂鍋魚頭

寒冷的冬天，吃完晚餐後，如果全身依然冷颼颼，那是多麼掃興的事！湯湯水水的飲食有暖身的作用，所以冬天我特別喜歡熱騰騰的「砂鍋魚頭」。

從網路影片中學習這道菜的做法，然後實際下廚比劃；但是家庭不比餐廳，不方便用大鍋的油去炸魚頭，食材及醬料也可能不那麼齊全，所以在儘量保持營養、美味的原則下，我採取簡化的做法：

（1）新鮮鰱魚頭半個，洗淨後，瀝乾備用。

（2）蔥、薑、蒜、辣椒洗淨後，平擺入鍋中，將魚頭安置其上，用小火烹至鍋內漸乾。

（3）淋上食用油，然後將蔥、薑、蒜、辣椒、魚頭整個翻面（儘量保持魚形完好）。

（4）待蒜香、魚香味釋出後，淋上醬油（有沙茶醬更佳），然後加足量的水，少許糖，適量的鹽，覆上鍋蓋，中火烹煮至水滾。

（5）加入大白菜、豆腐，酌量加入其他火鍋料（香菇、黑木耳、金針、茼蒿、豆腐皮、鮮蝦、魚丸、花枝……等），燜煮至熟，即可。

這道菜的魚頭也可以用魚身來取代，因為根據營養學的觀點，魚肉是很好的蛋白質來源，比豬肉、牛肉容易消化，所以很適合老年人。只是鰱魚肉多刺，要特別小心，只要細嚼慢嚥，通常也不致構成問題。豆腐含有大豆蛋白、卵磷脂、鈣質等營養素；大白菜屬於十字花科，除了味道鮮美外，含有葉黃素等抗氧化物質及鉀、鎂、纖維等營養素。

總而言之，這道菜營養、美味；冬天食用後，讓人全身暖呼呼，充滿幸福感，是一道養生又暖身的冬令佳餚。

葡萄酒 DIY

初中國文課本上，讀過鄭板橋的《四時田家苦樂歌》，文中生動地描寫了農家生活的苦與樂。其中春季的部份，寫到：

細雨輕雷驚蟄後，和風動土。正父老催人早作，東畬南圃。夜月荷鋤村吠犬，晨星叱犢山沉霧，到五更驚起是荒雞，田家苦。

疏籬外桃花灼，池塘上楊絲弱。漸茅簷日暖，小姑衣薄。春韭滿園隨意翦，臘醅半甕邀人酌，喜白頭人醉白頭扶，田家樂。

對於最末四句特別有感觸。春天的韭菜十分鮮嫩，可以清腸道；臘月間釀好的酒還有半甕，可以邀朋友共飲；上了年紀的人，喝醉了就彼此攙扶，這是一幅多麼溫馨的畫面啊！此種印象深深刻劃在腦海裏。

中年後，生活安逸了，開始有自己釀酒的想法。每年四、五月間，市場上可見到一種青綠色的葡萄，價位不高，滋味酸澀，不適合當水果吃，卻適合釀酒。通常，一次會買個半箱或一箱。

拿回家後，先剔除破損的、生長不良的、腐壞的，而後用剪刀將完好的葡萄一顆顆剪下，再用自來水清洗、瀝乾，然後放入以酒精消毒過的玻璃罐中。接下來，用消毒過的刀具將葡萄略加劃破，而後添加酒麴及黃砂糖（台糖貳砂與葡萄的重量比例約一比三），瓶罐不要裝滿，預留四分之一的空間，以供發酵，最後將瓶罐蓋好。第一週因發酵作用強，會產生大量氣泡，所以瓶蓋不宜旋得太緊。第二週後則封緊瓶蓋，繼續發酵。三至四個月後，開啟瓶蓋；如果成功的話，就會酒香四溢，令人忍不住想嚐上幾口，內心更是雀躍歡喜，非常有成就感。

自己釀的葡萄酒，酸、甜中微帶苦澀，且有濃郁的果香味，口感特別醇厚。有時我在想，人與人之間感情要如何表達？除了言語、表情、肢體動作外，茶水、美酒或禮物，也能代表心中的一份情意。在家中有酒的日子，如果能與知心好友歡飲兩杯，談天說地，紅面相對，是多麼有趣味的事！

饑餓遊戲

有時候，連續幾餐吃得太多，於是會覺得胃部飽脹，難以消化，嚴重時，甚至感覺頭暈欲嘔。逢此狀況，我就跟自己玩一場饑餓遊戲。顧名思義，就是禁食一或兩餐，此期間只飲水，不過度勞動，以減輕腸胃負擔。

我認為，一個健康的人偶而餓一下也無妨。適度的饑餓可以讓腸胃得到休息，使大腦的思路更加清晰；而且還可以喚醒食慾，刺激腸胃蠕動，增進消化功能。此外，我覺得小小的饑餓也有利於睡眠，感覺上體力比較容易恢復，睡得比較香甜。饑餓也是一種教育，它讓人懂得知足；在饑餓狀態下，我們會發現——人真正要的並不多，而許多食物都變成了美味。

古人說：飲食不宜過量，要有所節制。《黃帝內經・素問》中就提到「食飲有節，起居有常」。遠在三千多年前，商朝人在他們所製作的鼎、簋、尊、罍等青銅器上，總喜歡裝飾一些饕餮的圖案。饕餮是傳說中一種兇猛、貪吃的野獸。由於牠嘴大身小，吃得太多，消化不了，於是很容易脹死。裝飾這種圖案，或許就是為了提醒人，飲食要注意節制。這就和商湯的盤銘「苟日新，日日新，又日新。」一樣，有著藉物警示的作用。

天下美食甚多，無論是北京菜、四川菜、湖南菜、廣東菜、江浙菜、台灣菜、客家菜，還是法國料理、日本料理、泰國料理、義大利料理、墨西哥料理、印度料理、韓國料理、土耳其料理等，均各有其精彩之處。美味當前，為了養生，飲食上還是要知所節制。此外，更不應該浪費，畢竟這世上仍然有許多人流離失所，三餐不繼啊！

舌燦蓮花

舌頭除了品嚐食物外，還牽涉到言語。一個注重生活品味的人，既然講求美感，在言語上自然也會避免粗俗。

什麼樣的言語，才算美好呢？這是見仁見智的問題。個人以為，美既然與愉悅有關，那麼美言，應該能讓說者與聽者感覺歡喜。因此，讚美語、感恩語、關心語及幽默的話，可以常說。不過，讚美的話要出於真誠，最好能慧眼獨到，同時也要顧及周遭人的感受。此外，說話的音量、音質及速度也需要注意。在一般狀況下，聲音柔和，音量適中，慢慢地說，給人的感覺較為舒服；而聲音尖銳，說話太快，則容易讓人感覺到聒噪。

「管好自己的舌頭」是很重要的修行。如果說出來的話，芬芳美好，有如蓮花，讓在座的人如沐春風，這樣不但可以增進人與人之間的感情，日積月累下，甚至可以改變一個人的命運。

【身】

親子接觸

孩子來自於父母，雖然，第一位迎接他來到這世界的，可能是醫護人員，然而，往後陪伴他長到成年的，多半是父母，這就是第一階段的親子關係。

婚後，在忙碌的生活中，妻有了喜訊，先女後男，皆大歡喜。初為人父時，有個想法，總覺得自己還是個孩子，怎麼就當上爸爸了？人生就是這麼奇妙，在你還沒有完全準備好的時候，就被推上了舞台。其實這樣也好，因為人生短暫，沒有多少時間讓我們慢慢磨蹭，邊做邊學，也就成為過來人了。

替孩子包尿布也是一種學習。有時候，妻忙著其他事，娃兒哭了，我就得趕鴨子上架，當起超級奶爸。餵奶還是小事，換尿布可就費點勁。雖說，嬰兒的奶香味挺好聞的，可或許是配方奶的關係，排出的糞便氣味就不那麼友善；尤其是剛出爐的，溫熱中散發著濃濃的味道，這時，就考驗著一個人的閉氣功夫。然而，當我左手握著孩子肥嫩的小腿，使勁地抬起來做清理時，由於肢體的接觸，特別有親子的感覺。於是，這一切就成為心甘情願，也正應了魯迅詩中的一句話「俯首甘為孺子牛」。

數年後，父親罹患胃癌，發現時已是末期。在居家與醫院間奔波幾次後，終究到了無法出院的階段。每回在電梯間，看著他人歡歡喜喜地領著親人出院時，內心真是百感交集。眼看著父親的身體日益衰弱，醫護人員也束手無策。

有一天，我坐在父親的病榻旁，當時他因插管，無法言語，甫從睡夢中醒來，望著我，而後伸出手，示意要握手。我將手放入他的掌中，他輕輕地握著，雖然僅是短短的一、兩分鐘，一股強烈的父子感情從我心中油然生起。這是他之前少有的舉措，即使我與父親之間沒有太多矛盾，但由於禮教習慣的束縛，很少有肢體上的接觸，這是很可惜的事。

父親去世當晚，是我最悲傷的時刻，供上第一頓飯時，就明白他已然往生了。有幾次，開車經過父親的住處，多麼希望能突然發現他的身影，但是，理性告訴我，那是不可能的事，所以後來也不再有這種幻想。

父親六十八歲過世。我小時候，他因工作，經常出差；我長大後，自己又經常出差；所以，我們真正能在一起的日子，其實沒有幾日。印象最深的，是初中畢業那年，他帶我在台北市獵具行買了一把德國製的空氣槍，並教導我射擊。第二年，我因為射下一隻烏鷲，而牠的伴侶一直在天空圍繞，當下我就覺得，應該放棄釣魚及打獵的嗜好。想一想，也是近五十年前的事了。

由於父親的死亡，讓我深深體認到，人生有時是很無奈的。天要下雨，地要震動，你只能順應，而這正是《周易》坤卦的道理。

親密關係

在各種類型的親密關係中，肉體的親密關係是日常生活中比較尷尬、羞於啟齒的話題。然而，本章節既然論及身體的感覺，就免不了要說一說肉體上的親密關係。

或許是上天的恩賜，這種親密關係最能讓人開心與滿足。兩個人可能起始於牽手、觸摸，而後愛撫、擁抱、親吻，乃至私密處、性器官的接觸，在亢奮的累積中，逐漸進入恍惚、專一、極樂的境界，終於在高潮處得到全然的釋放。由於它是如此地美妙，能讓人神魂顛倒，所以也很容易使人沉迷，而受到傷害。因此，有智慧的人會懂得節制。

男女性愛，可說是人世間極其愉悅的事，尤其是雙方具有真實的感情基礎。溫柔地彼此關愛與善待，了解並盡力滿足對方的需要，常能使性愛達到極致的美感。換言之，除了肉體的舒爽感覺外，在高峰體驗後，因極度地愉悅，而湧出感恩之情，於是更愛對方，願意為對方付出；由於愛與被愛的感受強烈，因此份外感覺到幸福與美滿。

享受性愛的歡愉，當如飲食；不宜囫圇吞棗，能細細地咀嚼，必然更有一番風味。對於講求生活品味的人而言，則應將感官上低俗的快樂，提升到精神層次上的美感。然而，什麼是快感？什麼是美感？其實，快感也能帶給人愉悅。因此，根據前述「美」的定義，快感也應該算是一種美；只是它缺乏感情的基礎，偏重在感官上的刺激，當感官刺激消失後，愉悅感也大幅消減，容易有悵然若失，更加空虛的感覺。因此個人認為，快感是一種層次較低，不耐久的美；而我們通稱的美感，由於帶有真誠的感情，所以當感官刺激消失後，內心仍然保有愉悅、滿足或感恩的心情，甚至於有「繞樑三日，餘韻猶存」的感覺，所以，這種美就屬於層次較高，較有深度，較耐久的美。

有趣的是，愛與性有時會產生矛盾。過於崇高的愛，可能會激不起性慾。過於濃烈的愛，由於佔有慾作祟，使得兩個人時時膩在一起，而逐漸失去新鮮感，性吸引力也可能因而下降；如果再加上個性不合、生活習慣不佳，或錢財等因素，嚴重的就可能醞釀分手。所以，性吸引力的保鮮相當重要。俗話說：小別勝新婚。想來想去，還真是有些道理。

舞動人生

大學時期參加過三個社團，分別是：美術社、研究發明社、土風舞社。三者都留給我良好的印象。在土風舞的練習中，可以體驗不同國家的音樂及舞步。記得當年學過《沙漠之歌》、《詩情畫意》、《水舞》、《空軍舞》、《人生之歌》、《田納西華士》等。在歡樂的氣氛中，隨著音樂節拍移動、跳躍、搖擺、旋轉，那真是一段青春又美好的歲月！

出社會後，忙於工作及家庭，所以與舞蹈幾乎絕緣，直到觀賞李察・吉爾（Richard Tiffany Gere）與珍妮佛・羅培茲（Jennifer Lynn Lopez）主演的電影《來跳舞吧》（Shall We Dance?）才再次燃起跳舞的熱情。起先，與妻開始學的是社交舞，從探戈、恰恰、吉魯巴、倫巴，一直學到華爾滋、八步。而後覺得，既然跳，就要講求美感，於是開始了國標舞的旅程。

國標舞是國際標準舞的簡稱，主要區分為摩登與拉丁兩個類別。摩登舞包含：華爾滋、維也納華爾滋、英式探戈、狐步和快步舞。拉丁舞包含：倫巴、恰恰、捷舞、森巴、鬥牛舞。每種舞有各自的舞曲、舞步及風格。然而，不論是摩登或拉丁，都相當注重身形、姿態，要求線條與力的美。對於非專業的我們來說，當然會有挫折感，不過，懷著興趣學習，隨著悠揚的音樂起舞，仍舊讓人樂此而不疲。

華爾滋的舞步有升降、起伏、傾斜、旋轉、延展、迴盪，舞起來令人陶醉。即使如電影《魂斷藍橋》中費雯麗與羅勃泰勒在燭光中共舞，也充滿著優雅與浪漫。精神抖擻、神氣活現的英式探戈，在速度及勁道中，能舞出另一種暢快。湯姆・瓊斯（Tom Jones）所演唱的《性感尤物》（Sex Bomb），跳起恰恰來特別有Fu。維也納華爾滋則是我的最愛，寬廣的舞池、柔美的燈光、華麗的音樂，加上帥氣的穿著，男女舞伴如宮廷式的行禮後，翩翩起舞，這一切是何等美妙！

舞蹈是一種娛樂，也是一種運動。在優美的音樂中跳舞，經常會忘了時間，不知不覺就汗流浹背、氣血活絡了。跳舞非但能強化身體肌肉及骨骼，促進心、肺、血管功能，適度的流汗更讓人神清氣爽，心情也特別愉悅。長期跳舞的人，多半會留意自己的身形、儀態、穿著、打扮；因此，通常會比同年齡的人顯得年輕且有活力。此外，跳舞也具有社交功能，以舞會友，擴大生活圈子，讓單調的生活增添一些色彩。然而，跳舞也有必須注意的地方，譬如：錯誤的舞蹈動作，可能造成肌肉或膝關節等運動傷害；跳舞的過程中，可能與舞伴意見不合，而產生爭執與不悅；還有就是人際間感情問題的處理。但是，我們也不必因噎廢食，畢竟，能勇敢、自在而忘我地跳舞，盡情在舞池裏揮灑生命的熱情，或許也算是一種自我實現。

屋頂菜園

二〇〇八年春，在住家屋頂上，用水泥、磚塊建構了一座開心菜園，分為葉菜、瓜果、堆肥三個區塊。葉菜區，土壤厚約十五公分，用來栽種莧菜、白菜、空心菜、青江菜等蔬菜。瓜果區，土壤厚約二十五公分，可栽種南瓜、絲瓜、青椒、番茄等瓜果。堆肥區主要用來堆肥，將廢棄之菜葉、果皮、蛋殼、豆殼、菱角殼、花生殼、茶葉渣、剩菜、腐敗之蔬果、菜園中清除之根莖、藤蔓等物堆置其中，上覆薄土，適量灑水，使其在潮濕的環境中進行發酵及腐敗。通常，一年左右，這些廢棄物就會轉化成有機質之土壤。

子曰：「吾不如老農，吾不如老圃。」可見農事必有其訣竅。於是，我開始思考，如何才能經營好這屋頂菜園？我想，栽種植物跟養育小孩，應該有雷同之處吧？！給孩子一個良好的生長環境，呵護他、幫助他，或許他就能快樂地成長。然而，植物喜歡什麼樣的環境呢？於是，我到網路及圖書館中尋找答案。在此，將個人學習及實作心得分享如下：

首先，用鋤頭將土地刨鬆，清除廢物及雜草，以增加土壤的透氣性及排水性。接下來是曬土，在陽光下曝曬一至二星期，利用紫外線及乾燥法來消除土裏的蟲卵及病蟲害。然後，將土壤表層與有機肥混拌，作為基肥。最後，將土壤舖平，備用。

整土完成後，準備播種。每一種蔬菜都有其適合生長的季節。由於當令蔬菜，發芽率高，生長暢旺，很快就可以收成，口感也比較鮮嫩，所以選擇新近、當令蔬菜的種子來種植，比較恰當。播種的方式，可以視情況採取穴播、條播或撒播。為了讓植株有足夠的生長空間，所以播種不宜太密，如果太密，可實施間拔。播種完，須上覆薄土，以保持溼氣。

接下來就是澆水。除非是下雨天，否則每天上午澆一次水即可。澆水要透至根部，水份才算充足。盛夏時節，天氣酷熱，可視狀況一天澆水兩次。當然這只是通則，有些植物，像蔥、薑、芋頭等，水份要適量，以免根、莖腐爛。

許多葉菜類，在播種後三至七天會長出新芽，此時宜架設防蟲網，以防紋白蝶及其他昆蟲前來下卵；否則，其幼蟲就會捷足先登，在每棵青菜上大快朵頤。地瓜葉、韭菜、九層塔等部份蔬菜，蟲害較不嚴重，可免架防蟲網；而南瓜、瓠瓜、絲瓜、苦瓜等需要蜂、蝶或蛾、蟻傳遞花粉，所以也不架防蟲網，如有蟲害，可用套袋保護瓜果，枝葉如有病害，輕者可予以剪除，重者則連根拔除。

當葉菜長到二至三公分高時，宜實施追肥，可施撒農會所販售之長效型粒狀有機肥。此後至收成前，除灑水外，就是看情況除草、除蟲，若植株太密，則實施間拔。瓜果等生長期較長，可定期再追加肥料。

最後就是要把握採收時機。採收得太早，則蔬果瘦小，尚不成熟；採收得太晚，則蔬果老化，失去鮮嫩口感。一般而言，如果日照充足，澆水正常，肥份足夠，日本白菜在播種後二十多天，青江菜在播種後三十天左右，即可進行採收。南瓜、絲瓜大約三個月，其餘果菜由於品類眾多，可上網查詢，在此就不一一贅述。

此外，就是要注意輪作及連作的問題，番茄、青椒、茄子等茄類植物不宜連作，以免招病蟲害而影響收成。

小小的屋頂菜園，八年來已栽種過韭菜、莧菜、空心菜、龍鬚菜、地瓜葉、A菜（尖葉萵苣）、青江菜、小白菜、菠菜、茼蒿菜、青花菜、山芹菜、高麗菜、青蔥、薑、芫荽、苦瓜、絲瓜、南瓜、瓠瓜、芋頭、茄子、青椒、彩椒、紅辣椒、胡蘿蔔、九層塔、聖女番茄、桑葚等，且多有美好收成。有時早起，天氣微涼，在菜園中做些勞動，加強呼吸深度，讓清新的空氣進入呼吸道，並觸及深層肺泡。和煦的陽光輕撫著皮膚，感覺非常舒服。偶而一陣陣微風，輕輕抹去額上的汗水，更讓人覺得快意。有時傍晚，上屋頂整理菜園，工作完成後，身心感覺特別放鬆。靜靜地遙望遠山，蒼翠沉靜，頗有「採菊東籬下，悠然見南山」的感受。多年來，在菜園中看日、月升升落落，觀浮雲快慢遊走，望著褐色土壤裏冒出點點青翠的芽，觀察著菜圃中一株株新生命的誕生與成長，心裏非但快活，有時還會感動。到收成時，望著紅透的番茄、碧綠的青椒、紫黑的桑葚、圓滾滾的瓠瓜、長長的絲瓜、胖胖的苦瓜，對著滿盆鮮嫩的蔬菜，成就感與幸福感油然而生。此乃田園之樂，這種歡喜不需要花錢，也不是花錢能買得到的。

朋友問我，為什麼要種菜？其實還有其他原因。早年時，只是一些片斷想法，而後逐漸形成一種思想，驅使我往這條路上前進。

第一次對土地有「感覺」是在大學時期。那時，看到影星費雯麗（Vivien Leigh）在《亂世佳人》（Gone With The Wind）這部戲中，一個人站在荒蕪的田園裏向天起誓——她要戰勝環境，度過難關，讓自己及家人不再挨餓——那一幕，很令我感動。原來吃飽穿暖，衣食無缺，不是天經地義的事。當沒有東西可以裹腹時，土地能生長出食物餵養我們，是我們真正的依靠。因此，親近土地，乃至親近大自然，能讓我產生莫名的愉悅。

而後，在一本書裏，讀到大陸前領導人毛澤東的一句話——文明其精神，野蠻其身體——覺得頗有道理。我們可以靠讀書來文明自己的精神，靠種菜來野蠻自己的身體，藉由耕讀，讓身心得到平衡的發展。

種菜需要除草、整地、播種、收割，適度地在陽光下勞動，除了具有強健體魄的功效外，更能創造出一定的產值。由於栽植的是不噴灑農藥，不施用化肥的有機蔬菜，因此，既可以吃得安心，又能夠節省開支。

隨著地球暖化，近年來，天候異常已經帶來許多災害。如今，「節能減碳」更成為每位地球居民不得不重視的問題。種菜可以綠化環境，而植物的生長能吸收二氧化碳，釋出氧氣，有助於大氣成份恢復平衡。因此，種菜是利人利己之事。

屋頂菜園所能產出的蔬果雖然不多，偶有多餘，藉此與鄰居分享，增加互動，也是生活中的一樁樂事。經過一番省思，種菜有一舉數得的功效，因此，又何樂而不為呢？

瓠瓜

紅辣椒

紅莧菜及空心菜

南瓜

【意】

想像

生活中，除了味覺、視覺、聽覺能為我們帶來歡愉之外，憑著腦中的「想像」也能創造出無窮的樂趣。

沈復在《浮生六記》中提到「夏蚊成雷，私擬作群鶴舞於空中，心之所向，則或千或百，果然鶴也；昂首觀之，項為之強。又留蚊於素帳中，徐噴以煙，使之沖煙而飛鳴，作青雲白鶴觀，果如鶴唳雲端，為之怡然稱快。……余常以土牆凹凸處、花台小草叢雜處，蹲其身，使與台齊；定神細視，以叢草為林，以蟲蟻為獸，以土礫凸者為丘，凹者為壑，神游其中，怡然自得。」以上是沈三白從想像中所得到的樂趣。無獨有偶地，在Youtube網站上有一部名為《Lila》的短片，描述一位西方女孩，將平凡的事物注入一些想像後，使得原本單調乏味的生活，變得生動而有趣。

其實，許多小說或藝術創作皆來自於想像，例如：古希臘神話故事裏的獨眼巨人、蛇髮女妖、噴火的龍、有飛翼的馬；中國神話故事裏的千里眼、順風耳、金箍棒、筋斗雲；童話故事裏的魔豆、飛毯、神燈、美人魚；乃至電視影集《星艦迷航記》（Star Trek）中長相奇特的外星生物，以及各種奇幻的能量場景。這些想像出來的事物，常能帶給我們新奇、刺激、驚恐、亢奮或歡愉的感受。

許多科學上的發明也來自想像。自古人類就希望能像鳥類一樣，自由自在地飛翔；於是，有了滑翔機，乃至日後的螺旋槳飛機、噴射機。當人類享有室內電話的方便時，就想像著是否可以將它帶著行走；於是，有了移動式電話，乃至手機的發明。「想像」能讓人超越現實，走在時代的前端，看到未來可能發展的方向。無怪乎，現代物理學之父愛因斯坦（Albert Einstein）說：「想像力比知識更重要」。

運用想像，確實可以使生活變得有趣。有時，我在山林裏散步，想像著自己就是那國畫中的幽人、雅士；於是乎，感覺就像活在詩詞、圖畫裏。有時，夜晚在屋頂觀月，遙想蘇東坡起舞弄清影，李白對飲成三人的情景，在古月照今塵的夜色中，神交古人的感受頗為奇妙。旅遊時，更需要帶點想像。遊覽長城、黃鶴樓、古赤壁戰場等名勝、古蹟，帶點想像，能發思古之幽情，使旅遊的感受更加豐富。當我身處逆境時，會想像——那只是烏雲蔽日，終將過去；剎那間，心情就好轉許多。

西方有句話「You are what you think.」意思是說：你認為自己是什麼，就會是什麼。換言之，經常想像著自己是一位慈祥、和藹的人，日子久了，就會成為慈祥、和藹的人。經常想像著自己是一位不平凡的人，日子久了，就會成為一位不平凡的人。「想像」就是這麼奇妙，有著催眠作用，所以運用想像，可以讓自己變得更好。

回憶

當年華老去，體力漸衰，遲緩的言語或動作逐漸惹人嫌惡；或職場退休後，昔日的權勢及影響力不再，而逐漸被人所輕視、忽略，甚或排擠；老年衍生的無奈壓抑著自己，有如音樂劇《貓》中那隻衰老、落魄，受人輕視，遭人排擠的貓。辛苦了大半輩子，這可是我們所期待的晚年？

首先，我們必須掃除抑鬱，讓自己快樂起來。適度地刺激感官，譬如：嚐美食、聽音樂、看展覽、做運動，能獲得短暫的快樂；然而，希望徹底改變鬱悶的晚年，那還得多花點心思。我們的腦非常神奇，它除了具有邏輯判斷及算術運算的能力外，尚有短期及長期記憶的功能。比電腦更妙的是，它還能分泌腦內啡(endorphins)，使我們感覺愉悅。無需仰賴外界的事物，僅僅在腦中回憶美好的過去，就可以讓我們心生歡喜。

童年時，與玩伴們一同去鄉野探險，如今回想起來，臉上都有笑容。高中、大學時期，瘋狂地迷上西洋及古典音樂，每當沉浸在優美的旋律中，感覺是多麼幸福。年輕時，喜歡參加郊遊、舞會及露營活動，也談過甜蜜的戀愛，那是一段多麼難忘的歲月啊！壯年時，在學業、事業、家庭上取得一些微小的成就，那時是多麼地意氣風發、神采飛揚哪！回想過去的日子，奔波、勞累、口角、是非、打擊、挫敗在所難免，幸運的是，終究留下一些美麗的回憶。

檢視這些回憶，發覺——童年的快樂來自於赤子之心，凡事都感到新奇；音樂的快樂來自於喜好、興趣；戀愛的快樂來自於愛與被愛；學業、事業上的快樂來自於努力受到肯定。既然這些因素曾經帶來快樂，延續這些因素，能否再開創出美好的未來呢？

跟隨往日美好的記憶，讓我們找回童年的赤子之心，用那股好奇的心態，去學習、探索新的事物。社會大學、社區大學、市民大學裏有書法、繪畫、攝影、舞蹈、烹飪、歌唱、外語、樂器彈奏等各種各樣的課程，與同好一起學習，相互切磋，生活將變得多麼新鮮、有趣。從回憶中，讓我們找回昔日的喜好，或許是閱讀，或許是寫作，或許是聽音樂、看電影、打球、運動、聊天、彈琴、下棋、旅遊、園藝……等。這些因工作忙碌而被遺忘的興趣，在此時正可以重新拾起。從回憶中，讓我們找回年輕時青春、歡笑的感覺，用那種感覺，去給小朋友說故事，陪寵物嬉戲，與各年齡層的親友歡聚。雖然，外表不再年輕，卻仍然要打扮自己，讓自己活得更加體面，更為優雅。還有，讓我們從光彩的回憶中，找回昔日的成就感及自信，用這股自信，去做一些有意義的事情。

對於過去精彩的成就，不宜逢人就嘮叨、自誇。學習靜靜地自我咀嚼，讓甘甜滋潤自己的心，讓自信重建，願美好的回憶，帶我們活出一個全新的未來！

閱讀

小時候，家裏有長輩來訪，送我一套畫冊，其中有印刷非常精美的恐龍、海底世界的魚類、非洲草原的動物，當時真是愛不釋手。到了就寢時間，閱讀的慾望依然強烈，但是眼皮卻不聽使喚，在幾番奮戰後，終於抵抗不了睡意，擁書而眠，回想起來，那應該算是我「愛書之初體驗」。

而後，父母教我認方塊字，陸續還買一些，諸如：二十四孝畫冊、偉人軼事、伊索寓言及各國童話故事的書給我閱讀。母親週六上市場，也會幫我借諸葛四郎與魔鬼黨、地球先鋒號與無敵號、阿三哥與大嬸婆等漫畫書，作為學校課業成績的獎賞。記得小學五、六年級時，班上同學傳閱各種青少年讀物，印象較深的有：《福爾摩斯》、《亞森羅蘋》、《魯賓遜漂流記》、《湯姆歷險記》、《十五少年漂流記》、《金銀島》。憑良心說，閱讀的確帶給我很大的樂趣，讓童年時光份外值得留戀。

初中時，父親贈送的兩套書——《成語故事》及《科學文粹》

——大大增廣了我的見聞。高中時，迷上《三國演義》、《水滸傳》、《紅樓夢》等章回小說，由於花費太多時間，確實對升學造成了負面的影響。還記得《二次世界大戰秘史》這一系列的書，曾在我心中掀起很大的波瀾，書中許多殘酷的畫面，使我對人性不得不重新做一番省思。

大學時期，與喜愛讀書的同學們組織一個讀書會，大夥兒對祁克果、沙特的存在主義，佛羅伊德、弗洛姆的心理學，西洋音樂史、西洋美術史等專題，青澀地進行了分享。有趣的是，鹿橋的《未央歌》及胡品清的散文，常會激起我寫作的慾望。二十歲那年，特別值得紀念；因為讀了一本彭歌翻譯的《改變歷史的書》，而讓我領悟到「讀書的方法」，在後來的歲月中都非常受用。該書作者唐斯博士(Robert B. Downs)簡要地介紹了十六本，他認為曾經改變人類歷史的書，其中包括：馬基維利的《君王論》、麥金德的《地緣政治學》、潘恩的《常識》、希特勒的《我的奮鬥》、亞當斯密的《國富論》、哥白尼的《天體運行論》、馬爾薩斯的《人口論》、哈維的《血液循環論》、梭羅的《不服從論》、牛頓的《數學原理》、史佗夫人的《黑奴籲天錄》、達爾文的《物種原始論》、馬克斯的《資本論》、佛洛伊德的《夢之解析》、馬漢的《海權論》及愛因斯坦的《相對論》。這些原著有許多是厚到可以當枕頭的書籍，然而，唐斯博士將這些書的主要思想摘錄出來，讓讀者可以快速地瞭解每一本書所要表達的觀點。這讓我產生了聯想，就是我們在讀書的時候，是否也可以把書中每個章節的內容摘要出來，甚至寫上眉批，而不要去死記那些冗長的文字。換言之，要把眼界提高，從上往下看，仔細去揣摩作者在本章節中想表達什麼？重點為何？然後，用自己的話語加以註記。對於全書的內容，也可以如此看待。因此，從那時候起，當我閱讀知識性的書籍時，總是會先看書名及目錄，嘗試從目錄中去尋找全文的脈絡，明白了脈絡，閱讀的時候就不會見樹不見林，愈讀愈迷惘。相反地，可以區別出何處是重點，必須精讀、註記；何處是枝枝葉葉，大約瀏覽即可。如此讀書，不但快速，而且容易抓到重點。以這種方式讀書，結果讀到的不是死書，而是能活用的知識。這些前輩們的心血結晶，如今讓我們輕易地獲得，內心真是既感激又歡喜！

畢業後，一直保持著讀書習慣，匆匆已過了數十年。此期間，讀了一些英文精簡版的世界名著，如：《咆嘯山莊》、《天方夜譚》、《基督山恩仇記》、《所羅門王寶藏》、《塊肉餘生錄》、《莎士比亞劇集》、《希臘神話故事》等，深深感覺到這些文學著作確實非同凡響；作者對於事物、人性、感情的觀察及描寫，既細膩又深刻，真是令人激賞！此後，讀到《莊子・養生主》章節中的一段話「吾生也有涯，而知也無涯，以有涯隨無涯，殆矣！」的確，書海浩瀚，而且不斷地在擴增，以吾有生之年，實難以讀盡，所以，讀書必須要有所選擇。近年來，為了保養眼睛及善用時間，我不再雜亂地看書，而改成有系統地研讀。通常，我會選定一個主題，例如：養生保健，或者是儒家思想、法家思想。有了主題後，再去搜尋相關的資料，藉由不同作者、不同觀點來相互補充，彼此檢驗，最後總結出心得。前幾年，我想將這些心得留給子女們參考，於是寫成了前一本書，無非是希望讀的人能從中得到益處。

子曰：「學而時習之，不亦樂乎！」學習是一件快樂的事，讀書也是；不過，要懂得方法，否則，也很累人。黃山谷說：三日不讀書，便覺面目可憎，言語無味。經常讀好書，確實能改變人的氣質，使人見識高遠，談吐有內涵。對於一個追求生活品味的人而言，怎麼能輕易放棄讀書的樂趣呢？

詩詞與書法

從小印象中，家裏總會掛一些字畫；有些字還歷歷在目，其中一幅對聯寫的是「書似青山常亂疊，燈如紅豆最相思」，另一幅寫的是「謝安石有山澤閒度，蘇東坡是神仙中人」。當時，也不知道謝安石是何許人？只是充滿著好奇。字畫看久了，不知不覺間也就喜歡上中國的詩詞與書畫。

詩詞是簡潔、優美的語言，唸起來有聲韻、節奏。我很喜歡聽母親用杭州話吟唱唐朝張繼的《楓橋夜泊》

月落烏啼霜滿天，江楓漁火對愁眠；
姑蘇城外寒山寺，夜半鐘聲到客船。

只可惜，再也聽不到母親的聲音，如今，它只能是心中暖暖的回憶。

好的詩詞有景、有情、有意，充滿著詩的氣息。

所謂有景，就是讀起來如入畫境。元代馬致遠的《天淨沙．秋思》，除了有畫面，還讓人有淒美的感覺。

枯藤、老樹、昏鴉，
小橋、流水、平沙，
古道、西風、瘦馬，
夕陽西下，斷腸人在天涯。

唐朝王維的《竹里館》，使用短短二十個字，描繪出人、事、時、地、物的場景，還讓人領悟到，孤獨也可以是一種美。

獨坐幽篁裏，彈琴復長嘯；
深林人不知，明月來相照。

所謂有情，就是詩詞中散發出動人的情感。或許是抒發胸懷，或許是表明心志，總之，重在真情流露。南宋岳武穆的《滿江紅》，充滿著悲壯情懷，讀來令人不勝欷吁！

怒髮衝冠，憑欄處，瀟瀟雨歇。

抬望眼，仰天長嘯，壯懷激烈。
三十功名塵與土，八千里路雲和月，
莫等閑白了少年頭，空悲切！
靖康恥，猶未雪，
臣子恨，何時滅？
駕長車，踏破賀蘭山缺。
壯志飢餐胡虜肉，笑談渴飲匈奴血，
待從頭收拾舊山河，朝天闕！

唐朝李白真不愧為詩仙，《將進酒》一詩中，吟出許多經典好句，且展現出他的狂放與豪情。

君不見黃河之水天上來，奔流到海不復回？
君不見高堂明鏡悲白髮，朝如青絲暮成雪？
人生得意須盡歡，莫使金樽空對月。
天生我材必有用，千金散盡還復來。
烹羊宰牛且為樂，會須一飲三百杯。
岑夫子、丹丘生，將進酒，君莫停。

與君歌一曲，請君為我側耳聽。
鐘鼓饌玉不足貴，但願長醉不願醒。
古來聖賢皆寂寞，惟有飲者留其名。
陳王昔時宴平樂，斗酒十千恣讙謔。
主人何為言少錢，徑須沽取對君酌。
五花馬、千金裘，呼兒將出換美酒，
與爾同消萬古愁！

《詩經．關雎》表現出一個男子對女子的愛慕之情。這種率真、不做作的情感，最為動人。

關關雎鳩，在河之洲；窈窕淑女，君子好逑。
參差荇菜，左右流之；窈窕淑女，寤寐求之。
求之不得，寤寐思服，悠哉悠哉，輾轉反側。
參差荇菜，左右采之；窈窕淑女，琴瑟友之。
參差荇菜，左右芼之；窈窕淑女，鐘鼓樂之。

唐白居易的《憶江南》訴說對某個地方的懷念。杭州、蘇州是他留有政績的地方，當地百姓及景物留給他很深的印象。

江南好，風景舊曾諳。
日出江花紅勝火，春來江水綠如藍，能不憶江南？
江南憶，最憶是杭州。
山寺月中尋桂子，郡亭枕上看潮頭，何日更重遊？
江南憶，其次憶吳宮。
吳酒一杯春竹葉，吳娃雙舞醉芙蓉，早晚復相逢。

所謂有意，在此指得是寓意深遠。言語太直白，會缺乏詩意。隱喻、旁比，給人多一點想像空間，能產生遐思的美感。

《詩經．蓼莪》是很讓我感動的一首詩。根據《晉書》記載，有一位王姓隱者教授《詩經》，每讀至《蓼莪》篇，則涕淚縱橫，難以言語。可見詩詞能引發共鳴，有感動及教化人心的力量。

蓼蓼者莪，匪莪伊蒿；哀哀父母，生我劬勞。
蓼蓼者莪，匪莪伊蔚；哀哀父母，生我勞瘁。
瓶之罄矣，維罍之恥。鮮民之生，不如死之久矣！

無父何怙？無母何恃？出則銜恤，入則靡至。

父兮生我，母兮鞠我、拊我、畜我、長我、育我、顧我、復我、出入腹我；欲報之德，昊天罔極！

南山烈烈，飄風發發；民莫不穀，我獨何害？南山律律，飄風弗弗；民莫不穀，我獨不卒？

前面三句，意譯成白話是「盼望著，長成又高、又大的莪菜啊！結果是無用的蒿草；哀傷的父母啊！生養我是多麼辛勞。盼望著，長成又高、又大的莪菜啊！結果是不成材的蔚草；哀痛的父母啊！生養我是多麼勞累。小瓶子裏的酒沒了，是大瓶子的恥辱。年邁的父母失去照養，這是為人子女的恥辱啊！」詩中，採用生活裏常見的植物、器物來作比喻，而闡述的意義卻很深遠。前幾天，台北捷運殺人案的凶手伏法，我在想——這位年輕人的父母一定非常痛心！子女對父母辛勞的回報，竟是如此地不堪啊！多麼希望為人子女者，尤其是在監的受刑人，有機會體認一下《蓼莪》篇中的含義，從此改過向善，好好做一位對家庭、社會有貢獻的人。

東漢曹植的《七步詩》緣起於魏王曹丕有意除掉親弟弟曹植，於是令其七步內吟詩一首，否則從重治罪。曹植急中生智，而成此詩——煮豆持作羹，漉菽以為汁，萁向釜下燃，豆在釜中泣，本自同根生，相煎何太急？——曹丕明白其中的涵義，於是免曹植一死。後來羅貫中編著《三國演義》，在演說此事時，按原意將《七步詩》改寫為：

煮豆燃豆萁，豆在釜中泣，
本是同根生，相煎何太急？

詩中，以豆子比喻弟，豆桿比喻兄。以「豆桿烹煮豆子」來影射兄弟相殘，提醒對方何必如此相逼？言淺而意深，言近而旨遠，誠屬難得之佳作。

《題西林壁》是蘇東坡於公元一〇八四年與詩僧參寥遊廬山時，題在西林寺牆壁上的一首七言絕句。詩中藉由立足點不同，所見廬山的景象，來反思生活中看待事物的方法。此詩借景說理，旨趣頗耐人尋味。

橫看成嶺側成峰，遠近高低各不同，
不識廬山真面目，只緣身在此山中。

蘇軾的《定風波》是我很喜歡的一首詞，曾將它寫在扇面上，觀賞、吟誦，為什麼呢？因為詞中散發出一股灑脫、豁達的氣度，平凡如我者，吟誦起來也覺得飄逸。

莫聽穿林打葉聲，何妨吟嘯且徐行，
竹杖芒鞋輕勝馬，誰怕？一簑煙雨任平生。
料峭春風吹酒醒，微冷，山頭斜照卻相迎；
回首向來蕭瑟處，歸去，也無風雨也無晴。

此詞是蘇東坡謫居黃州時所作。他在主文前寫道：「三月七日，沙湖道中遇雨，雨具先去，同行皆狼狽，余獨不覺，已而遂晴，故作此詞。」這讓我們看到九百多年前，一位神泰自若、舉止從容的學者，即使經歷「烏臺詩案」的打擊，險些丟失性命，而後被貶至黃州（今漢口附近），開始躬耕自食的生涯，人生中的風風雨雨讓他變得豁達、灑脫了，自然界的這點風雨，又算得了什麼呢？這首詞有景、有情、有意，也是一首難得的佳作啊！

對於詩詞，如果不求甚解，只是吟詠，美則美矣，感受恐不夠深刻。如果願意花些時間去瞭解作者之生平，以及創作時的環境、背景，必然能更貼近作者的心境。此外，應該瞭解詩詞中的字義及典故，譬如：唐杜牧《山行》

遠上寒山石徑斜，白雲生處有人家；
停車坐愛楓林晚，霜葉紅於二月花。

其中，第三句中的「坐」字，如果我們用心一點，勤查字典，會發現「坐」也可以當作「因為」來解釋。如此，後兩句的意思就很明確了——我停下車，因為喜愛這向晚的楓林，經歷過秋霜的葉片，比那二月的春花還要紅豔啊！

詩詞是精美的語言，適合細細地咀嚼、吟詠，也適合書寫出來以供觀賞，懸掛起來增添雅趣。所以，詩詞與書法總是密不可分。

其實，寫字也是生活中一件樂事，尤其是行書、草書。北宋四大書家之一的蘇東坡曾論及自己從事書藝的感受，說：「事書雖不甚佳，然自出新意，不踐古人，是一快也。」換言之，不拘泥於古法，不刻意於媚世，能縱情揮灑，自由創作，寫字便成為快意之事。唐宋古文八大家之一的歐陽修雖然不是書法名家，但是也喜愛書藝。他曾在《六一論書》中提到：「蘇子美嘗言：明窗淨几，筆、硯、紙、墨皆極精良，亦自是人生一樂。然能得此樂者甚稀，其不為外物移其好者，又特稀也。余晚知此趣，恨字體不工，不能到古人佳處，若以為樂，則自是有餘。」可見從事書法寫作，確實有其樂趣。

年少時，隨父親至一位長輩家作客。印象中，長輩的家是日本式木造建築，室外有一大片青翠的草坪，望出去，感覺非常舒服。午膳後，大人們酒酣耳熱，只見長輩帶著醉意，攤開紙、筆，愉悅地書畫起來。四十多年後，當我讀到蔡邕《筆論》「欲書先散懷抱，任情恣性，然後書之。」這段話，便突然想起年少時的這段記憶，也忽然理解了草聖張旭的做法。有趣的是，武有醉拳，文有醉書，皆在破除拘謹，掃除壓抑，以求自由揮灑，發揮創意。

我喜歡在下雨天，一邊聽著雨聲，一邊書寫行草，自覺頗有詩意。我們愛詩、讀詩，還可以讓自己懷有詩一樣的心情；即使在忙亂的生活中，偶而也停下腳步，靜靜地欣賞一下周邊的人、物及風景。

第五章　生活品味的迷思

一、生活品味不一定要奢華

注重生活品味的人，生活上講求美感，而美的事物，未必都是昂貴的。看雲、觀雨、聽鳥鳴、聞花香、唱一曲歌、跳一場舞、欣賞一幅畫、閱讀一本書、品嚐一杯咖啡、吟誦一首詩詞，凡此種種，通常都不需要太大的花費。

生活品味最重要的是，要有美的修養及悠閒的心境。有美的修養，即使是平價的衣物，也能巧妙地搭配，穿出自己的風格。有悠閒的心境，即使是咀嚼菜根，也能體驗出它的美味。所以，不一定要奢侈、豪華、高消費，才能有生活品味。

二、生活品味不等同於消極、懶散

注重生活品味的人，生活上講求美感，而這與勤奮工作並沒有矛盾。歐陽修與蘇東坡都是有生活品味的人，但是，他們為官時忠誠、勤敏，既有文才，又有吏才，都為國家及人民作出許多貢獻。所以，注重生活品味，不代表就是消極、懶散、不勤奮工作。相反的，有生活品味的人，或許更具有創造力及競爭力。以蘇軾為例，東坡肉就是他的創作。此外，他在杭州知州任內，帶領民工疏濬西湖，將清理出的淤泥，築成一座長堤，上植桃、柳，並搭建六座拱橋，方便兩岸的人、船通行，還營造出西湖第一美景——蘇堤春曉。所謂「西湖景致六條橋，一株楊柳，一株桃。」每年，杭州西湖吸引成百、近千萬的人前來遊覽，它有如一座聚寶盆，為當地帶來龐大的商機，這就是講求生活品味的蘇東坡所締造的景觀。

有生活品味的人重視悠閒，然而，悠閒不是消極的，它具有舒壓、養生，充電後再出發的積極意義。人要工作，以養活自己及家人，但不能像螞蟻，永遠只作隻螞蟻，而缺乏作為人的樂趣。人要養育下一代，但不能像蜜蜂，永遠只作隻蜜蜂，偶而也要休閒，在心靈上充實自己。曾經在職場上，或許是一隻狼，或一隻羊；或許是一隻鷹，或一隻鴿；在競爭激烈的環境下，發現有些人變得越來越像野生動物，而逐漸失去人的味道。講求品味的生活，能讓我們回歸到人的格調，重新去享受為人的尊嚴與樂趣。

三、生活品味不一定要追求極致

在工作品質上，或許要追求完美、極致；然而，在生活享受上，我認為並不一定要如此。因為，生活品味在追求美感與愉悅，如果處處要求完美、極致，而變得勞累不堪，反而就不美了。

玩音響，追求高品質的音效，固然無可厚非；然而，若是無止境地追求音響效果，如此，設備要不斷地更新，視聽環境要不斷地改善，那豈不是勞神又傷財，甚至因為耗費太多時間，而變得玩物喪志。

品酒、品茶是生活中的雅趣。喝好酒，飲好茶，也無可厚非。但是，迎合商人炒作，飲用的茶、酒，價位愈來愈高，以彰顯品味及身份，對一位真正懂得生活品味的人而言，似乎大可不必。

精美的器物，人人喜愛。自古，人們就知道，精緻就是美。人們喜愛高級車，也無可厚非；但是，有了高級車，還想要更高級的；有了新款車，還要更新款的；如此沒完沒了，豈是懂得生活品味的人會競相爭逐的呢？

在生活享受上，一味地追求精緻、完美，個人認為是沒有必要的。因為，過度地追求品味，一來容易為物質所役使，其次，給自己添加身心乃至財務上的負擔，反而不妥。講求生活品味的人，要作品味的主人，而勿淪為品味的奴隸。生活品味宜有節制，以適可而止為美。

國家圖書館出版品預行編目資料

品味人生：品出人生趣味提升生活品味 / 翁樂天
作. -- 初版. -- 臺北市：博客思, 2017.06
面； 公分
ISBN 978-986-94508-3-6(平裝)

855　　　　　　　　　　　　106003734

心靈勵志45

品味人生—品出人生趣味 提升生活品味

作　　者：翁樂天
編　　輯：沈彥伶
美　　編：沈彥伶
封面設計：塗宇樵
出 版 者：博客思出版事業網
發　　行：博客思出版事業網
地　　址：台北市中正區重慶南路1段121號8樓之14
電　　話：(02)2331-1675 或 (02)2331-1691
傳　　真：(02)2382-6225
E—MAIL：books5w@yahoo.com.tw 或 books5w@gmail.com
網路書店：http://bookstv.com.tw/　http://store.pchome.com.tw/yesbooks/
華文網路書店、三民書局
博客來網路書店 http://www.books.com.tw
總 經 銷：聯合發行股份有限公司
電　　話：(02) 2917-8022　傳 真：(02) 2915-7212
劃撥戶名：蘭臺出版社　帳號：18995335
香港代理：香港聯合零售有限公司
地　　址：香港新界大蒲汀麗路36號中華商務印刷大樓
C&C Building, 36,Ting, Lai, Road, Tai,Po, New,Territories
電　　話：(852)2150-2100　傳真：(852)2356-0735
總 經 銷：廈門外圖集團有限公司
地　　址：廈門市湖裡區悅華路8號4樓
電　　話：86-592-2230177　傳 真：86-592-5365089
出版日期：2017年6月 初版
定　　價：新臺幣200元整（平裝）
ISBN：978-986-94508-3-6